精選100個中學生必讀的寓言故事

凡夫●編著

智慧的啓迪

寓言，是寓含著真理的故事。因為它短小精悍，又有教育意義，所以歷來都受到廣大讀者的喜愛。

印度古有《百喻經》，全稱《百句譬喻經》，是古天竺高僧伽斯那撰，南朝蕭齊天空三藏法師求那毗地譯。全書九十八個故事，每個故事都闡述一個佛學義理。它從梵文譯成漢文，距今已經有一千五百多年的歷史。此經一經流傳，就受到閱讀者的歡迎。

《百喻經》中的故事，都是寓言。中國和古希臘、印度合稱世界寓言三大發祥地，中國寓言作品的數量和水準，完全可以和《百喻經》媲美。

中國古代寓言經歷了幾個發展時期，有人把它概括為先秦哲理寓言、漢魏六朝勸戒寓言、唐宋諷刺寓言、元明清詼諧寓言。這樣劃分不一定十分科學，但若從各個時期寓言的主要風格看，也還是具有一定的道理。

先秦是諸子蜂起、百家爭鳴的時代。這一時期的寓言大家很多，列子、孟子、莊子、韓非子，都是中國寓言星空中的巨星，他們的寓言，如〈杞人憂天〉、〈揠苗助長〉、〈葉公好龍〉、〈鵬程萬里〉、〈望洋興歎〉、〈自相矛盾〉、〈守株待兔〉、〈濫竽充數〉、〈南轅北轍〉等等，採用比喻、諷喻、借喻、誇張、象徵……等手法，不僅塑造了一個個鮮明生動的人物形象，而且寓含著深刻的哲理，其思想性和藝術性都達到了相當高的水準，其中許多名篇後來都演化成了成語。

秦漢時期，隨著「百家爭鳴」時代的結束，寓言的發展也受到一定影響，但仍然出現了劉安的《淮南子》、劉向的《說苑》、《新序》等具有一定品質的寓言佳作。像〈塞翁失馬〉等，承襲了先秦寓言的傳統，其思想性和藝術性都達到一定高度。到了魏晉南北朝，由於玄學清談之風盛行，這一時期的寓言，有比較濃厚的勸喻色彩。但邯鄲淳的《笑林》，以詼諧幽默的手法來講明一個個發人深省的道理，讓人們在輕輕鬆鬆的閱讀中受到啟迪，在哈哈一笑的放鬆中得到教益，使寓言文學更加通俗化和平民化。《笑林》開創了文人有意識創作寓言的先例，使寓言開始從散文中分離出來。

寓言真正成為一個獨立的文體，是在唐宋時期。這一時期，隨著經濟的發展和繁榮，寓言也出現了一個繁榮期。許多著名的文學家和科學家加入寓言創作行列，使中國寓言文學更加成熟，更加完美，表現形式也更加豐富多彩。像皮日休、歐陽修、蘇軾、沈括等，都寫出了許多思想性、藝術性俱佳的寓言作品。特別是柳宗元的寓言，像手術刀一樣，把不學無術、貪得無厭、無視規律等等世間醜行解剖給人們看，尖銳潑辣，一針見血。他所揭示的一些道理，至今仍然具有很強的警示性和啟發性。

元明清時期，是一個盛產笑話的時期。這一時期的寓言作品，大都收錄在各種笑話集裡。其中比較有影響的有宋濂的《燕書》、《龍門子凝道記》、劉基的《郁離子》、耿定向的《權子》、馮夢龍的《古今譚概》、《廣笑府》、江盈科的《雪濤小說》、蒲松齡的《聊齋志異》等。這一時期的寓言，多用諷刺幽默的手法，輕鬆活潑，妙趣橫生，讀來讓人忍俊不禁。

中國寓言，是一個能給人多種營養的藝術寶庫。讀中國寓言，不僅可以使人明白許多做人的道理，增長人生必須具有的智慧，而且，還可以從中學到許多文學知識和寫作技巧。比如，如何使自己的文章做到言之有物、言之成理、文精意明、言簡意深、短小精悍、生動活潑、引人入勝、耐人尋味……讀一些好的寓言，從中會受到多方面的啟悟。

然而，中國至今沒有一本自己的《百喻經》。這本《精選100個中學生必讀的寓言故事》意在填補這個空白。本書精選的一百篇寓言，都是中國古代最有代表性、最優秀、最有意義的作品。可以說，它就是一本中國的《百喻經》。

中國古代寓言大都是用文言文寫成的。把文言文翻譯成白話文，有的採取直譯的辦法，有的採取意譯的辦法。這兩種翻譯方法，各有所長，也各有所短。本書在翻譯過程中，不拘泥於一種方法，適合直譯的就直譯，適合意譯的就意譯，更多的作品則是把兩種方法揉合起來。有的作品情節太簡單，只有幾句話，為了增強其可讀性，編者在尊重原作立意的前提下，適當地做了擴寫；有的作品則又顯得有些囉嗦冗長，枝枝蔓蔓，編者適當地做了刪節。

好的寓言，它的寓意並非只有一種，不同的讀者讀了後會有不同的理解。就是同一位讀者讀同一篇作品，每讀一遍，理解也可能不盡相同。本書在每篇寓言的後面加上「點評」，只是為了幫助讀者打開一種思維的通道。讀者完全可以充分發揮自己的理解能力，去多側面探索作品的寓意。

如果讀者歡迎這種做法，我們還將選編《精選100個中學生必讀的寓言故事》。

精選100個中學生必讀的寓言故事

目次

智慧的啟迪 003
1. 南橘北枳 013
2. 狗惡酒酸 017
3. 愚公移山 019
4. 杞人憂天 024
5. 疑鄰盜斧 027
6. 薛譚學歌 030
7. 小兒辯日 032
8. 紀昌習箭 035
9. 海上鷗鳥 038
10. 朝三暮四 040
11. 列子學射 043
12. 利令智昏 046
13. 歧路亡羊 048
14. 楊布打狗 051
15. 揠苗助長 053
16. 專心致志 055
17. 小偷改錯 057
18. 葉公好龍 059
19. 鵬程萬里 061
20. 東施效顰 064
21. 望洋興歎 066
22. 屠龍之技 069
23. 隨珠彈雀 071

24. 魯侯養鳥 073
25. 老漢粘蟬 075
25. 井底之蛙 078
27. 邯鄲學步 082
28. 觸蠻之戰 084
29. 匠石運斧 088
30. 猴子逞能 090
31. 宣王好射 093
32. 上行下效 095
33. 慕鳩築巢 097
34. 曲高和寡 099
35. 自相矛盾 102
36. 三人成虎 104
37. 鄭人買履 107
38. 郢書燕說 110
39. 曾子殺豬 113
41. 濫竽充數 118
42. 買櫝還珠 120
43. 扁鵲說病 122
44. 和氏之璧 126
45. 刻舟求劍 129
46. 掩耳盜鐘 131
47. 穿井得人 133
48. 其父善游 136
49. 知人不易 138
50. 狐假虎威 141

51. 鄒忌比美 143
52. 鷸蚌相爭 146
53. 駝鹿落網 148
54. 南轅北轍 150
55. 驚弓之鳥 153
56. 畫蛇添足 156
57. 螳螂捕蟬 159
58. 塞翁失馬 162
59. 雞犬升天 165
60. 截竿入城 167
61. 一葉障目 169
62. 折箭說理 172
63. 對牛彈琴 175
64. 與狐謀皮 177
65. 杯弓蛇影 179
66. 千萬買鄰 182
67. 猴子救月 184
68. 黔驢技窮 187
69. 臨江之麋 190
70. 貪心蝜蝂 193
71. 愛錢勝命 196
72. 得意忘形 199
73. 熟能生巧 202
74. 自以為是 205
75. 戴嵩畫牛 208
76. 故伎重演 210

77. 做賊心虛 212
78. 鐵杵磨針 215
79. 囫圇吞棗 218
80. 得過且過 220
81. 白雁落網 222
82. 鸛鳥移巢 225
83. 許金不酬 228
84. 按圖索驥 231
85. 貓的名字 234
86. 兄弟爭雁 237
87. 美醜莫辨 240
88. 猱搔虎癢 243
89. 山魅漆鏡 246
90. 玄石好酒 248
91. 八哥學舌 251
92. 馬肝有毒 253
93. 一毛不拔 256
94. 庸醫治駝 258
95. 北人吃菱 261
96. 腳上生瘡 263
97. 不禽不獸 265
98. 合本做酒 267
99. 父子性剛 269
100. 翠鳥移巢 271

1 南橘北枳

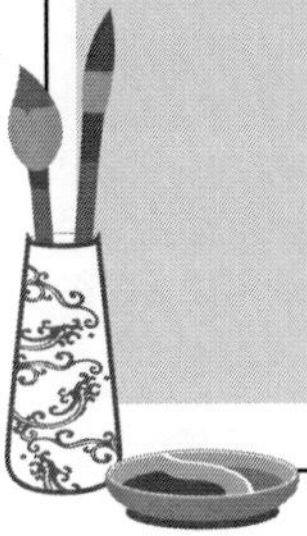

晏子將要出使楚國。楚王得知這個消息後，對左右的大臣說：「晏嬰是齊國能言善辯的人，如今來到我國，我想羞辱他一番，大家看用什麼辦法好？」

有個大臣獻計說：「他來了以後，請綁一個人從大王面前走過。大王問：『他是哪裡的人？』回答說：『是齊國人。』大王再問：『他犯了什麼罪？』回答說：『他犯了盜竊的罪。』」楚王覺得這個主意不錯。

晏嬰來到楚國，楚王用酒招待他。賓主正喝到興頭上，兩名小吏捆著一個人來到楚王面前。

楚王故意問：「這捆著的是個什麼人？」

小吏回答：「是個齊國人。因為盜竊犯了罪。」

楚王轉過頭來望著晏嬰說：「齊國人生來就喜歡偷盜嗎？」

晏子離開座位，走到楚王面前，回答說：「我聽說，橘樹生長在淮河以南就結橘子，如果生長在淮河以北，就會結出枳子。橘子和枳子，葉子差不多，但果實的味道卻不一樣。這是為什麼呢？因為水土不同啊。現在捉到的這個人，生活在齊國的時候，並沒有盜竊的行為，來到楚國以後卻偷盜起來，難道是因為楚國的水土容易使人變成小偷嗎？」

楚王聽了，尷尬地笑著說：「聖賢的人是不可戲弄的呀！我反而是自討沒趣了。」

原文：

晏子將使楚，楚王聞之，謂左右曰：「晏嬰，齊之習辭者也。今方來，吾欲辱之，何以也？」左右對曰：「為其來也，臣請縛一人過王而行。王曰：『何為者也？』對曰：『齊人也。』王曰：『何坐？』曰：『坐盜。』」晏子至。楚王賜晏子酒。酒酣，吏二縛一人詣王。王曰：「縛者曷為者也？」對曰：「齊人也，坐盜。」王視晏子曰：「齊人固善盜乎？」晏子避席對曰：「嬰聞之，橘生淮南則為橘，生於淮北則為枳，葉徒相似，其實味不同。所以然者何？水土異也。今民生於齊不盜，入楚則盜，得無楚之水土使民善盜耶？」王笑曰：「聖人非所與熙也，寡人反取病焉。」

《晏子春秋・內篇雜下》

啟悟

環境對人的影響很大。晏子的話雖然是機辯之語，但它卻道出了一個規律：良好的環境可以讓人學好，不好的環境可以使人變壞。作為個人，要注意尋找一個好的環境，以利於自身的完善；作為社會，要創作好的環境，以利於人的心身健康。

2 狗惡酒酸

宋國有個賣酒的人，酒店裡做酒和裝酒的器具都非常清潔，門口賣酒的招幌也引人注目，可是一天到晚卻冷冷清清的，沒有什麼人前來買酒。他的酒賣不出去，慢慢地變酸了。

這人感到很奇怪，就請鄰居幫他分析原因。

鄰居對他說：「你家的狗太厲害了。人家提著酒壺到你家來買酒，你的狗就撲上前去狂吠亂叫，誰還敢到你這兒來買酒呢？你家的酒不酸才怪呢！」

原文：

宋人有酤酒者，為器甚潔清，置表甚長，而酒酸不售。問之里人其故。里人曰：「公之狗猛，人挈器而入，且酤公酒，狗迎而噬之，此酒所以酸而不售也。」

《晏子春秋‧內篇問上》

啟悟

狗惡酒酸，這絕不是一個單純的做生意的道理，它揭示的是一個普遍規律。大到一個國家、一個民族、一個社會，小到一個單位、一個組織、一個團體，倘若讓壞人當道，那裡的事業就不可能興旺發達。

3 愚公移山

傳說很早以前，在冀州的南面、河陽的北面有兩座大山，一座叫太行山，一座叫王屋山，山很高，方圓有七百里。

在山的北面，住著一位叫愚公的老漢，年紀快九十歲了。他家的大門，正對著這兩座大山，出門辦事得繞著走，很不方便。愚公下定決心要把這兩座大山挖掉。

有一天，他召集全家老小，對他們說：「這兩座大山，擋住了我們的出路，咱們大家一起努力，把它挖掉，開出一條直通豫州的大道，你們看好不好？」

大家都很贊同，只有他的妻子提出了疑問。她說：「像太行、王屋這麼高大的山，挖出來的那些石頭、泥土往哪裡送呢？」

大家說：「這好辦，把泥土、石塊扔到渤海邊上就行了！再多也不愁沒地方堆。」

第二天天剛亮，愚公就帶領全家老小開始挖山。

他的鄰居是個寡婦，她有一個七八歲的小兒子，剛剛換完奶牙，也蹦蹦跳跳地前來幫忙。

大家幹得很起勁，一年四季很少回家休息。

黃河邊上住著一個老漢，這人很精明，人們管他叫智叟。他看到愚公他們一年到頭，辛辛苦苦地挖山運土不止，覺得很可笑，就去勸告愚公：「你這個人可真傻，這麼大歲數了，還能活幾天？用盡你的力氣，也拔不了山上的幾根草，怎麼能搬動這麼大的山呢？」

愚公深深地歎了口氣說：「我看你這人自以為聰明，其實是頑固不化，還不如寡婦和小孩呢！不錯，我是老了，活不了幾年了。可是，我死了還有兒子，兒子又生孫子，孫子又生兒子；子子孫孫，世世代代，一直傳下去，是無窮無盡的。可是這兩座山卻不會再長高了，我們為什麼不能把它們挖平呢！」

聽了這些話，那個自以為聰明的智叟，再也無話可說了。

山神知道了這件事，害怕愚公一直挖下去，就去向上帝報告。老愚公的精神把上帝感動了，他就派兩個大力神下凡，把兩座大山揹走，一座放到朔方東邊，一座放到雍州南邊。從此以後，冀州的南面、漢水的北面，就沒有高山阻擋了。

原文：

太行、王屋二山，方七百里，高萬仞。本在冀州之南，河陽之北。北山愚公者，年且九十，面山而居，懲山北之塞，出入之迂也。聚室而謀，曰：「吾與汝畢力平險，指通豫南，達於漢陰，可乎？」雜然相許。其妻獻疑曰：「以君之力，曾不能損魁父之丘，如太行、王屋何？且焉置土石？」雜曰：「投諸渤海之尾，隱土之北。」遂率子孫荷擔者三夫，叩石墾壤，箕畚運於渤海之尾。鄰人京城氏之孀妻，有遺男，始齔，跳往助之。寒暑易節，始一反焉。河曲智叟笑而止之，曰：「甚矣，汝之不惠！以殘年餘力，曾不能毀山之一毛，其如土石何？」北山愚公長息曰：「汝心之固，固不可徹，曾不若孀妻弱子。雖我之死，有子存焉；子又生孫，孫又生子；子又有子，子又有孫。子子孫孫，無窮匱也。而山不加增，何苦而不平？」河曲智叟亡以應。操蛇之神聞之，懼其不已也，告之於帝。帝感其誠，命夸娥氏二子負二山，一厝朔東，一厝雍南。自此，冀之南，漢之陰，無隴斷焉。

列子《列子・湯問》

啟悟

愚公不愚，智叟不智。世界上的好多事情，大都是那些看起來有點「愚」的人做出來的；而一些自以為有智慧的人，卻往往這也做不成，那也辦不到。世間如果多一點「愚」人，許多辦不成的事，或許就會像愚公移山一樣可以辦成了。

4 杞人憂天

杞國有一個人，整天擔心天塌地陷，自己沒有地方容身，因此愁得睡不著覺，吃不下飯。

有個人看他這樣憂愁，很為他擔心，就去開導他說：「天不過是很厚很厚的氣積聚在一起罷了，沒有一個地方沒有氣。你一舉一動、一呼一吸，從早到晚都生活在天的中間，怎麼會擔心天塌下來呢？」

那個憂天的人聽了，又說：「如果天是很厚的氣，那麼太陽、月亮和星星不會掉下來嗎？」

前來開導他的人說：「太陽、月亮和星星，也都是會發光的氣積聚而成的，即使掉下來，也不可能把人打傷。」

那個憂天的人又問：「如果地陷塌了怎麼辦呢？」

開導他的人回答說：「大地是土塊積聚而成，它充塞四野，無處不有，你在它上面隨便行走、跳躍，整天在它的上面生活，怎麼擔心它會陷塌呢？」

那人聽了朋友的話，如釋重負，非常高興；那個前來勸他的人放下心來，也很高興。

原文：

杞國有人憂天地崩墜，身亡所寄，廢寢食者。又有憂彼之所憂者，因往曉之，曰：「天，積氣耳，亡處亡氣。若屈伸呼吸，終日在天中行止，奈何憂崩墜乎？」其人曰：「天果積氣，日月星宿，不當墜邪？」曉之者曰：「日月星宿，亦積氣中之有光耀者，只使墜，亦不能有所中傷。」其人曰：「奈地壞何？」曉者曰：「地積塊耳，充塞四虛，亡處亡塊。若躇步跐蹈，終日在地上行止，奈何憂其壞？」其人舍然大喜。曉之者亦舍然大喜。

列子《列子・天瑞》

啟悟

做人，不可想入非非。如果想入非非，就會揹上沉重的精神包袱，給自己帶來無窮的疑慮和憂愁。如果遇上這樣的人，應該向他講清道理。只要能夠把道理説透徹，就能夠幫助人消疑解惑，放下思想包袱。

5 疑鄰盜斧

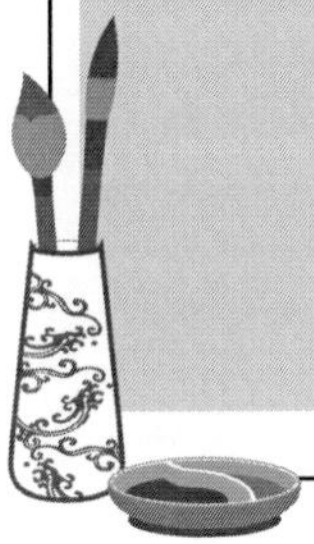

從前有個鄉下人，丟了一把斧子。他懷疑是鄰居家的兒子偷去了，觀察那人走路的樣子，像是偷斧子的；看那人的臉色表情，也像是偷斧子的；聽他的言談話語，更像是偷斧子的；那人的一言一行、一舉一動，無不像偷斧子的。

後來，丟斧子的人在山谷裡挖地時，掘出了那把斧子，再留心察看鄰居家的兒子，就覺得他走路的樣子，不像是偷斧子的；他的臉色表情，也不像是偷斧子的；他的言談話語，更不像是偷斧子的；那人的一言一行，一舉一動，都不像偷斧子的了。其實，他的鄰居的兒子並沒有變，而是他自己變了。變的也不是其它什麼東西，而是自己原來的偏見呀。

原文：

人有亡鈇者，意其鄰之子。視其行步，竊鈇也；顏色，竊鈇也；言語，竊鈇也；動作態度，無為而不竊鈇也。俄而，掘於谷而得其鈇。他日復見其鄰人之子，動作態度無似竊鈇者。其鄰之子非變也，己則變矣；變也者無他，有所尤也。

列子《列子・說符》

啟悟

「疑心生暗鬼。」主觀成見，是認識客觀真理的障礙。當人以成見去觀察世界時，必然歪曲客觀事物的原貌。因此，遇到事情，先得從自身找原因，不要以成見隨便懷疑別人。如果疑心太重，憑自己的想像看人，好人也會被看成壞人。

6 薛譚學歌

有個叫薛譚的小夥子，跟秦青學習唱歌，還沒有把秦青的技藝真正學到手，就以為自己學得差不多了，便向老師告辭回家。

秦青也沒有阻攔他，把他送到城外的大道旁，為他餞行，並輕輕地打著節拍，唱了一首十分動聽的歌子。

那高亢的歌聲振動了林間的樹木，美妙的旋律響徹了雲霄。

薛譚急忙向老師道歉，要求回去繼續學習。從此以後，他一輩子再也沒有敢說回家的話。

原文：

薛譚學謳於秦青，未窮青之技，自謂盡之，遂辭歸。秦青弗止，餞於郊衢，撫節悲歌，聲振林木，響遏行雲。薛譚乃謝求反。終身不敢言歸。

列子《列子・湯問》

啟悟

有些事看起來很簡單，但要把這些簡單的事情做好，並不是一件簡單的事。學習需要謙虛謹慎的態度，來不得半點自滿和驕傲。學歌是這樣，做一切事情，也都是這樣。

7 小兒辯日

孔子到東方遊說，路上遇到兩個小孩子在爭論，就走上前去問道：「你們為什麼爭論呢？」

一個小孩說：「我認為太陽剛出來時離人比較近，而到了中午，太陽就離我們遠了。」

另一個小孩說：「我認為太陽剛出來時離人比較遠，而中午時離我們近。」

孔子很有興趣地問道：「你們能說說自己的理由嗎？」

一個小孩說：「太陽剛出來的時候，好像車的蓋篷那麼大；到了中午，它就只有盤子、碗口那麼大了。這不正說明離我們遠的看起來就小，離我們近的看起來就大嗎？」

另一個小孩說：「太陽剛出來時，人感到還有些涼涼的；到了中午，就熱得跟泡在滾湯裡一樣，這不正說明離我們遠的就感覺到涼，離我們近的就感覺到熱嗎？」

孔子聽了他們的話，一時也判斷不出誰對誰錯。

兩個小孩笑著說：「誰說你的知識很豐富呢？」

原文：

孔子東遊，見兩小兒辯鬥。問其故，一兒曰：「我以日始出時去人近，而日中時遠也。」一兒以日初出遠，而日中時近也。一兒曰：「日初出大如車蓋，及日中，則如盤盂，此不為遠者小而近者大乎？」一兒曰：「日初出滄滄涼涼，及其日中如探湯，此不為近者熱而遠者涼乎？」孔子不能決也。兩小兒笑曰：「孰為汝多知乎？」

列子《列子・湯問》

啟悟

人的知識有多有少，但相對於大千世界來說，我們都是無知的。個人的認識能力很有限，而知識則無窮無盡。即使學識很淵博的人，也會有許多自己不懂的東西。

8 紀昌習箭

甘蠅是古時的一名神射手。他只要張弓射箭，飛鳥就會應聲落下，走獸也會應聲倒地。他的弟子名叫飛衛。飛衛虛心地向甘蠅學習，他的技術超過了老師。

有個叫紀昌的年輕人又來拜飛衛為師。飛衛對他說：「你先要學會在任何情況下都不眨眼睛的本領，然後才談得上學習射箭。」

紀昌回到家裡，就躺在他妻子的織布機下，兩眼死死地盯著穿來穿去的梭子。兩年以後，就是錐子已經快刺著他的眼睛了，他也一眨不眨。

他把自己的收穫告訴了飛衛，飛衛說：「這還不夠，你還得練好眼力才行。當你能夠把極小的物體看得很大，把模糊不清的目標看得清清楚楚的時候，你再來告訴我。」

紀昌回到家，捉了一隻蝨子，用牛尾巴拴著，吊在窗口上，每天面朝南方，目不轉睛地盯著那隻蝨子。十多天後，蝨子在他眼中慚慚變得大了起來；三年以後，竟變得像車輪一般大小。扭頭再看其他的東西，都跟山丘一樣巨大。他便用燕國牛角做成的弓，搭上朔冬蓬稈製成的箭，對準蝨子射去，箭頭貫穿了蝨子的心臟，而牛尾巴毛還好端端地懸在空中。

紀昌跑去告訴飛衛。飛衛高興地說：「好，你學成功了！」

原文：

甘蠅，古之善射者，彀弓而獸伏鳥下。弟子名飛衛，學射於甘蠅，而巧過其師。紀昌者，又學射於飛衛。飛衛曰：「爾先學不瞬，而後可言射矣。」紀昌歸，偃臥其妻之機下，以目承牽挺。二年之後，雖錐末倒眥而不瞬也。以告飛衛。飛衛曰：「未也，亞學視而後可。視小如大，視微如著，而後告我。」昌以氂懸虱於牖，南面而望之。旬日之間，浸大也；三年之後，如車輪焉。以睹餘物，皆丘山也。乃以燕角之弧，朔蓬之簳，射之，貫虱之心，而懸不絕，以告飛衛。飛衛高蹈拊膺曰：「汝得之矣！」

列子《列子・湯問》

啟悟

「一分耕耘，一分收穫。」大凡真功夫，都是靠刻苦和努力一點一點地積累起來的。要掌握過硬的本領，必須付出超人的代價，扎扎實實地從基本功練起。

9 海上鷗鳥

海邊上有個人，很喜歡海鷗。每天一大早，他就來到海邊跟海鷗一起玩耍嬉戲，海鷗成百地向他飛來，接連不斷。

他的父親對他說：「聽說海鷗都喜歡跟你一塊玩耍，你捉一隻回來給我玩吧！」

第二天，這個人又來到海邊，海鷗只在他的頭頂上飛，再也不肯落下來跟他一塊玩了。

原文：

海上之人有好漚鳥者，每旦之海上，從漚鳥遊。漚鳥之至者，百住而不止。其父曰：「吾聞漚鳥皆從汝遊，汝取來，吾玩之。」明日之海上，漚鳥舞而不下也。

列子《列子・黃帝》

啟悟

人心如何，雖然看不到，但可以感知。一個人如果心懷鬼胎、背信棄義，那麼，他就是不說出來，但天知、地知，人心也可感知。

10 朝三暮四

宋國有個養猴子的人，很喜歡猴子，家裡養了一大群。他能瞭解猴子的意思，猴子也很會討他的歡喜。養猴人寧肯減少自己家人的口糧，也要讓猴子吃飽。

不久，他家裡貧窮了，打算限制猴子的食量，可又怕猴子們不再順從自己，於是先哄騙猴子說：「分給你們的栗子，早晨三顆，晚上四顆，夠吃了吧？」

猴子們聽了，都站立起來又吵又跳地發脾氣。

過了一會兒，養猴人又問：「分給你們的栗子，早晨四顆，晚上三顆，夠了吧？」

猴子們聽了，都高興得趴了下去。

原文：

宋有狙公者，愛狙，養之成群，能解狙之意；狙亦得公之心。損其家口，充狙之欲。俄而匱焉，將限其食，恐眾狙之不馴於己也，先誑之曰：「與若芧，朝三而暮四，足乎？」眾狙皆起而怒。俄而曰：「與若芧，朝四而暮三，足乎？」眾狙皆伏而喜。

列子《列子・黃帝》

啟悟

朝三暮四和朝四暮三，乍一聽好像不一樣，其實它是一個數字遊戲。這篇寓言的本意是說，看問題不能被表象所迷惑。如果被事物的表面現象所迷惑，就看不清事物的本質。

11 列子學射

列子學習射箭，已經能夠射中目標了。他高興地去向關尹子請教。

關尹子問他：「你知道你為什麼能夠射中目標嗎？」

列子老老實實地回答：「不知道。」

關尹子說：「這樣看來，你還沒有學好啊！」

列子回去又認認真真地練習了三年，再次來向關尹子請教。

關尹子問：「你現在知道你為什麼能夠射中目標了嗎？」

列子回答說：「知道了。」

關尹子點點頭說：「行了，你已經學成功了。這其中的道理，你要永遠記住。不僅射箭要這樣，而且治理國家、為人處世都應該這樣。」

原文：

列子學射中矣，請於關尹子。尹子曰：「子知子所以中者乎？」對曰：「弗知也。」關尹子曰：「未可。」退而習之。三年，又以報關尹子。尹子曰：「子知子所以中乎？」列子曰：「知之矣。」關尹子曰：「可矣。守而勿失也！非獨射也，為國與身亦皆如之。」

列子《列子・說符》

啟悟

無論什麼事情，都有它的內在規律。要把一件事情做好，就需要掌握了它的規律，遵從它的規律，依照規律而行。而要掌握規律，遵從規律，就需要知其然，而且知其所以然。否則，即使你能獲得某些成功，也不過是皮毛而已。

12 利令智昏

從前，齊國有個人一心想發大財，得到很多金子。

這天清早，他穿戴得整整齊齊，來到集市，直奔賣金子的地方，看見黃澄澄的金子，伸手抓了就走。

官吏捉住他，問：「集市上這麼多人都在現場，你為什麼公然拿別人的金子呢？」

這個人回答說：「我拿金子的時候，眼睛裡沒有人，只有金子。」

原文：

昔齊人有欲金者，清旦衣冠而之市，適鬻金者之所，因攫其金而去，吏捕得之，問曰：「人皆在焉，子攫人之金何？」對曰：「取金之時，不見人，徒見金。」

列子《列子・說符》

啟悟

有些事情，看起來讓人難以理解，其實背後都有它的原因。比方說，一個人如果財迷心竅、就會利令智昏，什麼樣的蠢事都幹得出來。世間眾生，有許多都是因利生欲，因欲而生妄，因妄而生愚。

13 歧路亡羊

楊朱的鄰居丟了一隻羊，他不僅率領自己的親朋，而且又來請楊朱家的童僕一塊去追。

楊朱說：「丟一隻羊，怎麼要這麼多人去追呢？」鄰人說：「因為岔道太多了。」

等他們回來以後，楊朱問：「找到羊了嗎？」

鄰居回答說：「沒有。羊丟失了。」

楊朱又問：「這麼多人去追，羊怎麼會丟失呢？」

鄰居回答說：「岔道中間又有許多分岔，我們不知羊跑到哪條路去了，所以只好返回來了。」

原文：

楊子之鄰人亡羊，既率其黨，又請楊子之豎追之。楊子曰：「嘻！亡一羊，何追者之眾？」鄰人曰：「多歧路。」既反，問：「獲羊乎？」曰：「亡之矣。」曰：「奚亡之？」曰：「歧路之中又有歧焉，吾不知所之，所以反也。」

列子《列子‧說符》

啟悟

世間的路，不可能都是筆直的，沒有岔口。丟失了羊，由於岔路太多，很難找到。治學、做事、做人，也有許多岔路，如果沒有一定的目標，也會迷失方向，如墮雲霧。面臨岔道，如何做到不迷失方向，做出正確選擇，這是需要智慧的。

14 楊布打狗

楊朱的弟弟叫楊布，有一天，他穿了件白色的衣服出門去。天下雨了，他把白色衣服脫下，穿著一套黑色的衣服回家來。他家的狗認不出楊布，就迎上去汪汪地對著他大叫。楊布非常惱火，拿了根棍子就要去打狗。

楊朱看見了，說：「你快不要打狗了，你自己也會是這個樣子的。假如你的狗出去的時候是白的，回來的時候變成黑的了，那你能夠不奇怪嗎？」

原文：

楊朱之弟曰布，衣素衣而出。天雨，解素衣，衣緇衣而反。其狗不知，迎而吠之。楊布怒，將扑之。楊朱曰：「子無扑矣！子亦猶是也。嚮者使汝狗白而往，黑而來，豈能無怪哉？」

列子《列子‧說符》

啟悟

與人相處，有時免不了會產生誤解。即使是與朋友交往，也免不了有被誤解的時候。當朋友誤解自己的時候，不要腦子發熱，動怒發火；理智的辦法，是設身處地，換位思考。楊布打狗，是因為狗誤解了自己；但是，如果站在狗的立場，該打的是不是楊布呢？

15 揠苗助長

古時候宋國有個人，看到自己田裡的禾苗長得太慢，心裡很著急。

這天，他乾脆下田動手把禾苗一株株地往上拔高一節。他疲憊不堪地回到家裡，對家裡的人說：「今天可把我累壞了！我一下子讓禾苗長高了許多！」

他的兒子聽了，連忙跑到田裡去看。田裡的禾苗全部枯萎了。

原文：

宋人有閔其苗之不長而揠之者，芒芒然歸，謂其人曰：「今日病矣！予助苗長矣！」其子趨而往視之，苗則槁矣。

孟子《孟子・公孫丑上》

啟悟

世間萬物，生長都需要一個過程，小樹不可能一天長成大樹，小孩不可能一天長成大人，花草不可能一天就綻開，果子不可能一天就成熟……辦事情，只能順應事物的自身規律，因勢利導，循序漸進。如果單純憑個人意志，蠻幹亂幹，花的力氣越大，結果就會越糟糕。

16 專心致志

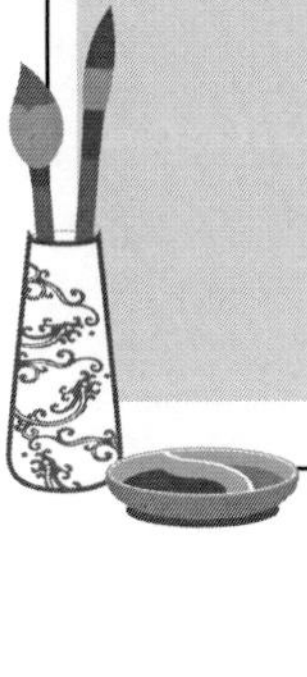

從前，有一個名叫弈秋的人，是全國最善下棋的高手。

有兩個學生，一起跟弈秋學習下棋。其中一個學生非常專心，集中精力跟老師學習。另一個卻不這樣，老師教他下棋的時候，他心裡卻想著：現在天空中大概正有鴻雁飛來，我拉滿弓搭上箭把牠射下來，美餐一頓多好啊……

結果，雖然這兩個學生在一起學習，又是同一個名師傳授。然而，一個成了棋藝高強的名手，另一個卻沒有學到什麼本事。難道是因為他們的智力不一樣嗎？不是呀！

原文：

弈秋，通國之善弈者也。使弈秋誨二人弈，其一人專心致志，唯弈秋之為聽；一人雖聽之，一心以為有鴻鵠將至，思援弓繳而射之，雖與之俱學，弗若之矣。為是其智弗若與？曰：非然也。

孟子《孟子・告子上》

啟悟

「心無二用。」學習必須集中精力，心無旁騖。凡是能成大器者，都善於排除心中的雜念，專心致志地學自己想學的東西，做自己想做的事情。心中雜念太多，三心二意，一會兒想這，一會兒想那，所學的東西，就難以入心。

17 小偷改錯

有一個人養成了偷偷摸摸的習氣，每天都要偷鄰居家的一隻雞。

有人規勸他說：「正正經經地做人，要懂得是非好壞。偷東西可不是好人的行為啊！」

這人聽了，表示要改正自己的錯誤，說：「既然如此，就讓我慢慢地改正吧。我先少偷一些，由每天偷一隻改作每月偷一隻，到明年再停止偷吧！」

既然已經知道這樣做是錯誤的，就應該趕快改正，為什麼要等到來年呢？

原文：

今有人，日攘其鄰之雞者。或告之曰：「是非君子之道。」曰：「請損之，月攘一雞，以待來年，然後已。」如知其非義，斯速已矣，何待來年！

孟子《孟子・滕文公下》

啟悟

習慣是一種可怕的力量。好的習慣可以讓人一輩子受益，壞的習慣則讓人一輩子受害。因此，發現了壞習慣，要堅決地改，及時地改，絕不能給它留後路。如果給它留後路，它就會頑固地延續下去，繼續地為害自己，為害他人。

18 葉公好龍

葉公子高非常喜歡龍。他家裡的牆壁上畫的是龍，樑柱上刻的是龍，門窗上雕的是龍，裡裡外外到處都是龍的圖案。

天上的真龍聽說以後，就騰雲駕霧來到他家，把頭伸進窗戶裡到處張望，而把尾巴拖在廳堂內。葉公見了，丟下畫筆轉身就逃，嚇得魂不附體，臉色就跟白紙一樣。

其實，葉公喜歡的並不是真龍，而是那些看起來像龍一樣的假龍。

原文：

葉公子高好龍，鉤以寫龍，鑿以寫龍，屋室雕文以寫龍。於是天龍聞而下之，窺頭於牖，施尾於堂。葉公見之，棄而還走，失其魂魄，五色無主。是葉公非好龍也，好夫似龍而非龍者也。

申不害《申子》

啟悟

喜歡，有真喜歡，有假喜歡；有形式的喜歡，有實質的喜歡；有口頭的喜歡，有內心的喜歡。真喜歡、實質的喜歡、內心的喜歡，跟金子一樣，能夠經得起時間的考驗；而假喜歡、形式的喜歡、口頭的喜歡，則跟肥皂泡一樣，一遇小小的考驗，就破裂了。

19 鵬程萬里

遠古的時候，有一種鳥，名字叫做鵬。大鵬鳥的背像泰山那樣高，飛起來的時候，牠的翅膀就像遮天蔽日的雲彩。

有一次，大鵬鳥向南海飛去。牠在南海海面上用翅膀擊水而行，搧一下就是三千里。牠向高空飛去，捲起一股暴風，一下子就飛出九萬里。牠飛出去一次，要過半年才飛回南海休息。當牠飛向高空的時候，牠的背靠著青天，而雲層卻在牠的下邊。

生活在窪地裡的小鵪雀，看見大鵬鳥飛得這麼高，這麼遠，很不理解，就說：「牠還想飛到哪裡去呢？我們往上飛，不過幾丈高就落下來了，我們在蓬蒿間飛來飛去，也算是飛到邊了。大鵬鳥究竟想飛到什麼地方去呢？」

原文：

有鳥焉，其名為鵬，背若太山，翼若垂天之雲；摶扶搖羊角而上者九萬里，絕雲氣，負青天，然後圖南，且適南冥也。斥鴳笑之曰：「彼且奚適也！我騰躍而上，不過數仞而下，翱翔蓬蒿之間，此亦飛之至也，而彼且奚適也！」

莊子《莊子・逍遙遊》

啟悟

一個人的作為，是跟他的眼光、心胸緊密相關的。目光短淺、心無大志的人，不可能有大的作為。只有目光遠大、心胸寬闊者，才有可能展翅高飛，鵬程萬里。

20 東施效顰

西施長得很美麗，即使是心口痛的時候，緊鎖著雙眉，附近的一個醜女見了，仍感到她的樣子很漂亮。

醜女回去以後，也學著西施的樣子，捧著心口，皺著眉頭，想讓別人誇她漂亮。誰知道鄉里的富人看她這個樣子，趕緊關閉大門不出來；窮人見了，也拉著自己的妻子兒女遠遠地躲開。

這個醜女只知道皺著眉頭的樣子美，卻不知道為什麼皺眉的樣子美。

原文：

西施病心而矉，其里之醜人見而美之，歸亦捧心而矉。其里之富人見之，堅閉門而不出；貧人見之，挈妻子而去之走。彼知矉美，而不知矉之所以美。

莊子《莊子・天運》

啟悟

人的外表長得如何，自己做不了主。但是，做什麼，不做什麼，則由自己當家。東施效顰，鬧出笑話，問題就出在她做事情的盲目性上。西施長得漂亮，即便皺著眉頭，依然漂亮。東施本來就長得醜，卻模仿西施皺眉頭，這一來就顯得更醜了。做事情，一定要考慮自身的條件，盲目地模仿別人，很容易弄巧成拙，適得其反。

21 望洋興歎

秋天來到，天降大雨，無數細小的水流，匯入黃河。只見波濤洶湧，河水暴漲，淹沒了河心的沙洲，浸灌了岸邊的窪地，河面陡然變寬，隔水遠望，連河對岸牛馬之類的大牲畜也分辨不清了。

眼前的景象多麼壯觀啊，河伯以為天下的水都匯集到他這裡來了，不由洋洋得意。他隨著流水向東走去，一邊走一邊觀賞水景。

他來到北海，向東一望，不由大吃一驚，但見水天相連，不知道哪裡是水的盡頭。

河伯呆呆地看了一陣子，才轉過臉來對著大海感慨地說：「俗話說：『道理懂得多一點的人，便以為自己比誰都強。』我就是這樣的人啦！」

原文：

秋水時至，百川灌河，涇流之大，兩涘渚崖之間，不辯牛馬。於是焉河伯欣然自喜，以天下之美為盡在己。順流而東行，至於北海，東面而視，不見水端。於是焉河伯始旋其面目，望洋向若而歎曰：「野語有之曰：『聞道百，以為莫己若』者，我之謂也。」

莊子《莊子・秋水》

啟悟

不見高山，不顯平地；不見大海，不知溪流。山外有山，天外有天。我們每個人其實都是很渺小的。妄自尊大的人大都見識不廣，目光短淺。只有走出狹隘的天地，才有可能發現自己的不足，認識自己的渺小。

22 屠龍之技

有一個叫朱泙漫的人，一心要學會一種別人都沒有的技術，於是，就到支離益那裡去學習宰殺龍的本領。他花盡了家裡資產，用了整整三年時間，終於把宰殺龍的技術學到手了。

朱泙漫得意洋洋地回到家裡。可是，世間哪有龍可殺呢？結果，他學的技術一點也用不上。

原文：

朱泙漫學屠龍於支離益，單千金之家，三年技成，而無所用其巧。

莊子《莊子・列禦寇》

啟悟

學習一門「絕招」，這沒有什麼錯。但是，學習「絕招」的目的，一定是要對自己、對他人、對社會有用。如果學習「絕招」，只是為了充能，顯擺，向他人炫耀，並沒有實際用處，那麼，這個「絕招」就會變成「臭招」、「廢招」。

23 隨珠彈雀

隨侯之珠是非常珍貴的寶珠。

有一個喜歡打鳥的人，卻用隨珠做彈丸，去射飛翔在千丈高空中的一隻麻雀。人們看了，肯定都要嘲笑他。

這是什麼道理呢？這是因為付出的代價太昂貴，而得到的東西太輕微。

原文：

今且有人於此，以隨侯之珠，彈千仞之雀，世必笑之。是何也？則其所用者重，而所要者輕也。

莊子《莊子・讓王》

啟悟

做事情，要講究得失、權衡輕重。為了沒什麼價值的東西而丟掉十分寶貴的東西，這是一種愚蠢的行為。在現實生活中，這種滑稽劇經常都在上演。比如，為了浮名浮利，不惜丟掉人格，丟掉道德；為了區區小事，不惜丟掉友誼，丟掉親情；為了一時享受，不惜丟掉健康，丟掉生命……這類不智的行為，不都是「隨珠彈雀」嗎？

24 魯侯養鳥

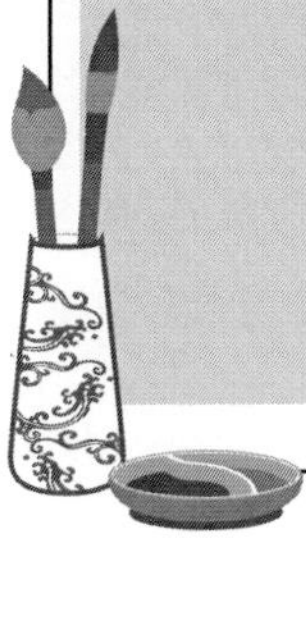

從前，有隻海鳥落在魯國都城的郊外，魯侯以為這是隻神鳥，令人把牠捉住，親自把牠迎接到祖廟裡，畢恭畢敬地設宴迎接，並將牠供養起來，每天都演奏古時的音樂〈九韶〉給牠聽，安排牛羊豬三牲具備的「太牢」給牠吃。

魯侯的這種招待把海鳥搞得頭暈目眩，惶恐不安，一點兒肉也不敢吃，一杯水也不敢喝，過了三天就死了。

魯侯是用他自己享樂的方式來養鳥的，而不是按照鳥的生活方式來養鳥啊，這隻鳥是被他嚇死的。

原文：

昔者海鳥止於魯郊，魯侯御而觴之於廟，奏〈九韶〉以為樂，具太牢以為膳。鳥乃眩視憂悲，不敢食一臠，不敢飲一杯，三日而死。此以己養養鳥也，非以鳥養養鳥也。

莊子《莊子・至樂》

啟悟

辦好事需要有好心，但有好心未必就能辦好事。魯侯完全用自己享樂的方式來養鳥，以為自己喜歡的，鳥也一定會喜歡；自己高興的，鳥也一定會高興，結果把鳥嚇死了。這個故事告訴我們，辦事一定要設身處地為他人著想，如果完全根據自己的好惡來行事，那麼，好心也會把事情辦糟。

25 老漢粘蟬

孔子前往楚國，路過一片樹林，看到一個駝背老人，手裡拿著一根長長的竹竿正在粘知了。老人的技術非常嫻熟，只要是他想粘的知了，沒有一隻能逃脫的，就好像信手拈來一樣輕而易舉。

孔子驚奇地說：「您的技術這麼巧妙，大概有什麼方法吧！」

駝背老人說：「我的確是有方法的。夏季五六月粘知了的時候，如果能夠在竹竿的頂上放兩枚球而不讓球掉下來，粘的時候知了就很少能夠逃脫；如果放三枚不掉下來，十隻知了就只能逃脫一隻；如果放五枚不掉下來，粘知了就像用手拾東西那麼容易了。你看我站在這裡，就如木樁一樣穩穩當當；我舉起手臂，就跟枯樹枝一樣紋絲不動；儘管身邊天地廣闊無邊，世間萬物五光十色，而我的眼睛裡只有知了的翅膀。外界的什麼東西都不能分散我的注意力，都影響不了我對知了翅膀的關注，怎麼會粘不到知了呢？」

孔子聽了，回頭對弟子說：「專心致志，本領就可以練到出神入化的地步。這就是駝背老人所說的道理啊！」

原文：

仲尼適楚，出於林中，見佝僂者承蜩，猶掇之也。仲尼曰：「子巧乎！有道邪？」曰：「我有道也。五六月，累丸二而不墜，則失者錙銖；累三而不墜，則失者十一；累五而不墜，猶掇之也。吾處身也，若橛株拘；吾執臂也，若槁木之枝。雖天地之大，萬物之多，而唯蜩翼之知；吾不反不側，不以萬物易蜩之翼，何為而不得！」孔子顧謂弟子曰：「用志不分，乃凝於神，其佝僂丈人之謂乎！」

莊子《莊子‧達生》

啟悟

在竹竿的尖頭放五個球，能夠讓它不掉下來，這很不容易。面對五光十色的世界，能夠不分散自己的注意力，這更加不容易。要把一件事情做到極致，基本功的訓練固然重要，然而，更重要的還是要能排除干擾，集中自己的心思。如果我們能像這位粘知了的老漢一樣，把全部精力集中在自己所做的事情上，那麼，就不愁事情做不好了。

26 井底之蛙

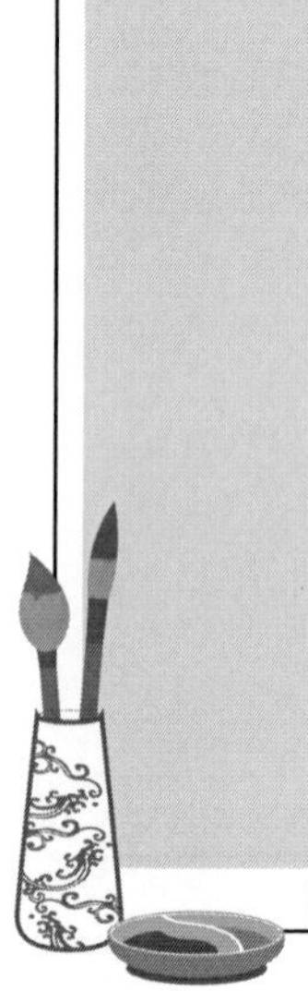

住在淺井中的一隻青蛙對來自東海的巨鱉誇耀說：「我生活在這裡真快樂呀！高興時，就跳到井外面，攀援到欄杆上，盡情地蹦跳玩耍。玩累了，就回到井中，躲在井壁的窟窿裡，舒舒服服地休息休息。跳進水裡時，井水僅僅浸沒我的兩腋，輕輕地托住下巴；稀泥剛剛沒過雙腳，軟軟的很舒適。看看周圍的那些小蝦呀、螃蟹呀、蝌蚪呀，誰也沒有我快樂。而且我獨占一井水，盡情地享受其中的樂趣，這樣的生活真是美極了。您為什麼不進來看一看呢！」

巨鱉接受了井蛙的邀請，準備到井裡去看看，但牠的左腳還沒有跨進去，右腿已被井的欄杆絆住了，只好慢慢地退回去，站在井旁邊給青蛙講述海的奇觀：「海有多大呢？即使用千里之遙的距離來形容也表達不了它的壯闊，用千丈之高的大山來比喻，也比不上它的深度。夏禹的時候，十年有九年下大雨，大水泛濫成災，海面不見絲毫增高；商湯的時候，八年有七年天大旱，土地都裂了縫，海岸也絲毫不見降低。海水不因時間的長短而改變，也不因雨量的多少而增減，生活在東海，那才真正是快樂呢！」

井蛙聽了，吃驚得好半天也沒有說出話來。牠這才知道自己生活的地方是多麼渺小。

原文：

埳井之蛙謂東海之鱉曰：「吾樂與！出跳梁乎井幹之上，入休乎缺甃之崖；赴水則接腋持頤，蹶泥則沒足滅跗。還（視）虷、蟹與蝌蚪，莫吾能若也！且夫擅一壑之水，而跨跱埳井之樂，此亦至矣。夫子奚不時來入觀乎？」東海之鱉左足未入，而右膝已縶矣。於是逡巡而卻，告之海曰：「夫海，千里之遠不足以舉其大，千仞之高不足以極其深。禹之時，十年九潦，而水弗為加益；湯之時，八年七旱，而崖不為加損。夫不為頃久推移，不以多少進退者，此亦東海之大樂也！」於是埳井之蛙聞之，適適然驚，規規然自失也。

莊子《莊子・秋水》

啟悟

青蛙長期生活在水井裡，所以牠能夠攀援到欄杆上，盡情地蹦跳玩耍，就覺得很快樂了。一個人如果長期生活在狹小的天地裡，他的眼界和心胸就會受限制，容易自滿自足。我們要想不做「井裡的青蛙」，就要到廣闊的天地去，讓自己的眼光和心胸寬闊起來。

27 邯鄲學步

趙國都城邯鄲的人，擅長行走，不僅步子輕快，而且姿態也非常優美。

燕國壽陵有個少年，千里迢迢來到邯鄲，打算學習邯鄲人走路的姿式。

結果，他不但沒有學到趙國人走路的樣子，而且把自己原來走路的步子也忘記了，最後只好爬著回去。

原文：

壽陵餘子之學行於邯鄲，未得國能，又失其故行矣，直匍匐而歸耳。

莊子《莊子・秋水》

啟悟

虛心學習別人的長處，自己才能進步。但是，學習別人，不能全盤否定自己。生搬硬套別人的經驗，不僅學不到別人的優點，反而會丟掉自己的長處。我們要記住這樣一句話：「適合自己的，才是最好的。」

28 觸蠻之戰

戴晉人對梁惠王說：「您知道有一種名叫蝸牛的小動物嗎？」

梁惠王回答：「知道。」

晉人又說：「蝸牛的角上有兩個國家，左角上的叫觸國，右角上的叫蠻國。這兩個國家經常為爭奪地盤而發生戰爭。每次戰爭後，總是屍橫遍野，死亡好幾萬人；取勝的國家追趕敗軍，常常要十多天才能回來。」

惠王說：「呀！這都是您瞎編的吧！」

晉人說：「請允許我來為您證明。依您的想像，在廣闊的宇宙中有邊界嗎？」

惠王說：「沒有。」

晉人說：「您的想像在宇宙中任意馳騁，而一回到現實中，您能夠到達的地方卻只限於四海九洲之內。拿現實的有限與想像的無窮相比，豈不是若有若無，微不足道嗎？」

惠王說：「你說得對。」

晉人說：「在我們所能夠到達的領域裡有一個魏國，魏國遷都大梁後才有梁國，有梁國才有梁王。梁王與蠻氏，有什麼不同嗎？」

惠王想了想說：「好像沒有什麼不同。」

戴晉人走了以後，梁惠王情緒低落，好像丟失了什麼。

原文：

戴晉人曰：「有所謂蝸者，君知之乎？」曰：「然。」「有國於蝸之左角者曰觸氏，有國於蝸之右角者曰蠻氏，時相與爭地而戰，伏屍數萬，逐北旬有五日而後反。」君曰：「噫！其虛言與？」曰：「臣請為君實之。君以意在四方上下有窮乎？」君曰：「無窮。」曰：「知遊心於無窮，而反在通達之國，若存若忘乎？」君曰：「然。」曰：「通達之中有魏，於魏中有梁，於梁中有王。王與蠻氏，有辯乎？」君曰：「無辯。」客出而君惝然若有亡也。

莊子《莊子・則陽》

啟悟

在我們的眼裡，觸國和蠻國把蝸牛的兩隻角當作國家，並且為爭地盤而屍橫遍野，會覺得十分滑稽。其實，在大千世界中，我們也不過是觸國和蠻國的國民，十分渺小，微不足道。一切爭鬥都十分可笑，我們應該珍惜自己和他人的生命，珍惜我們生活的這個世界。

29 匠石運斧

楚國的郢都有一個人，鼻子尖上沾了一點白泥巴，這層白泥巴薄得像蒼蠅的翅膀一樣。他請一個名叫石的工匠用斧子把它削去。

工匠石揮動斧子，只聽見一陣風響，手起斧落，白泥巴削得乾乾淨淨，鼻子卻沒有受到一絲一毫的損傷。那個被削的人神情自若，一點兒也不感到害怕。

宋元君聽說這件事後，就把工匠石叫了去，說：「你再削一次讓我看看吧！」

工匠石說：「我的確是會削的，但是，那個敢讓我削的人已經死去很久了。」

原文：

郢人堊慢其鼻端若蠅翼，使匠石斫之。匠石運斤成風，聽而斫之，盡堊而鼻不傷，郢人立不失容。宋元君聞之，召匠石曰：「嘗試為寡人為之。」匠石曰：「臣則嘗能斫之。雖然，臣之質死久矣。」

莊子《莊子・徐無鬼》

啟悟

匠石運斧，功夫過硬，沒得說。與匠石配合的那個人，斧子削到鼻尖上也不眨眼，能達到這種境界，更是難得。正因為有這樣一個搭檔配合，匠石的技藝才得以發揮；這樣的搭檔不在了，匠石的技藝也無法發揮了。這個故事告訴我們，與技藝的修練相比，人心的修練更不易。

30 猴子逞能

吳王坐船在大江裡遊玩，攀登上一座猴山。一群猴子看見了，都驚慌地四散逃跑，躲在荊棘叢中了；唯獨有一隻猴子，卻洋洋得意地跳來跳去，故意在吳王面前賣弄靈巧。

吳王拿起弓箭向牠射去，那猴子敏捷地把飛箭接住了。吳王下令左右的侍從一起放箭，那隻猴子被射死了。

吳王回過頭對他的朋友顏不疑說：「這隻猴子誇耀自己的靈巧，仗恃自己的敏捷，在我面前表示驕傲，以至於這樣死去了。警惕呀！不要拿你的地位去向別人耍驕傲呀！」

顏不疑回去以後，就拜賢人董梧為老師，盡力克服自己的驕氣，遠離美色聲樂，不再拋頭露面。過了三年，全國人都稱譽他。

原文：

吳王浮於江，登乎狙之山。眾狙見之，恂然棄而逃，逃於深蓁。有一狙焉，委蛇攫搔，見巧乎王。王射之，敏給搏捷矢。王命相者趨射，狙執死。王顧謂其友顏不疑曰：「之狙也。伐其巧，恃其便，以敖予，以至此殛也。戒之哉！嗟呼！無以汝色驕人哉！」顏不疑歸，而師董梧，以助其色，去樂辭顯；三年，而國人稱之。

莊子《莊子・徐無鬼》

啟悟

「滿桶水不蕩，半桶水晃蕩。」驕傲，是一種淺薄的表現。大凡有真本事的人，沒有必要擺出驕人之態；相反，倒是一些本事不怎麼樣的人，像那隻猴子一樣，喜歡逞能。做人，不管有多大的本事，都不要把它當成驕傲的資本。謙虛謹慎，永不滿足，才能獲得進步，贏得人們的敬重。

31 宣王好射

周宣王喜歡射箭，並且喜歡別人稱讚他的臂力過人，能用強弓。其實他用的弓，不過三石的力氣就能拉開。

他把這張弓交給左右的人傳看。左右的人都試著拉，但只把弓拉到一半，就裝著拉不動的樣子，恭維地說：「這張弓沒有九石的力氣拉不開。除了大王以外，誰還能夠使用這張弓呢？」

周宣王聽了，非常得意。

雖然他所用的弓不過三石，但直到死他仍以為他用的弓是九石。三石是實際，九石是虛名。周宣王喜歡圖虛名而脫離了實際。

原文：

宣王好射，說人之謂己能用強也，其實所用不過三石。以示左右，左右皆引試之，中關而止，皆曰：「不下九石，非大王孰能用是？」宣王悅之，然則宣王用不過三石，而終身自以為九石。三石，實也；九石，名也。宣王悅其名而喪其實。

尹文《尹文子・大道上》

啟悟

人們都喜歡聽好聽的話，但好聽的話不一定都是真話、正確的話。特別是處在一定位置上的人，心裡更應該清楚，大凡奉承話，都非真情，只是為了博取一時歡顏而已。如果自己只喜歡聽奉承的話，就不可能正確地認識自己。

32 上行下效

從前，晉國流行一種講排場、擺闊氣的壞習氣，晉文公便帶頭用樸實節儉的作風來糾正它，他穿衣服絕不穿價格高的絲織品，吃飯也絕不吃兩種以上的肉。

不久之後，晉國人就都穿起粗布農服，吃起糙米飯來。

原文：

昔晉國苦奢，文公以儉矯之，乃衣不重帛，食不兼肉。無幾時，人皆大布之衣，脫粟之飯。

尹文《尹文子・大道上》

啟悟

一個地方，一個團隊，領導者的行為，具有表率和示範作用。領導者的行為端正，那個地方或團隊的風氣就好；領導者行為不端，那個地方或團隊的風氣就會有問題。因此，領導者的一言一行，都應該有所節制，合乎規範。好風氣是由領導者帶出來的。

33 蒙鳩築巢

南方有一種鳥，名叫蒙鳩。蒙鳩很會築巢。牠用鳥的羽毛做成窩，用人和動物的毛髮把窩編織起來，並連結在蘆葦的梢頭上。

一陣大風吹來，蘆葦的稈折斷了，蒙鳩的蛋打破了，雛鳥也被摔死了。

蒙鳩為什麼會落到這樣一個結果呢？不是牠的巢做得不好，而是築巢的地方選得不對頭。

原文：

南方有鳥焉，名曰蒙鳩。以羽為巢，而編之以髮，繫之葦苕。風至苕折，卵破子死。巢非不完也，所繫者然也！

荀子《荀子・勸學》

啟悟

人的一生都在做選擇。不是在做正確的選擇，就是在做錯誤的選擇。正確的選擇，可以幫助人成功；錯誤的選擇，則會結出苦果。因此，當我們面臨選擇，特別是面臨重大選擇的時候，一定要慎之又慎。否則，一著失誤，全盤皆輸。

34 曲高和寡

有位客人在郢都唱歌。

開始，他唱的是〈下里〉、〈巴人〉這類比較通俗的歌子，隨聲附和的有好幾千人。

接著，他唱起〈陽阿〉、〈薤露〉這類還算流行的歌子，跟著他唱的也有好幾百人。

後來，他唱起了〈陽春〉、〈白雪〉這類難度比較高的歌子，能夠和他一起唱的人就只剩下幾十人了。當他唱到音律嚴格、曲調複雜的樂段時，能夠隨聲唱的就僅有幾個人了。

這說明，他唱的歌曲越是高雅，能夠和他一起唱的人就越少。

原文：

客有歌於郢中者，其始曰〈下里〉、〈巴人〉，國中屬而和者數千人；其為〈陽阿〉、〈薤露〉，國中屬而和者數百人；其為〈陽春〉、〈白雪〉，國中屬而和者不過數十人；引商刻羽，雜以流徵，國中屬而和者不過數人而已。是其曲高，其和彌寡。

宋玉《對楚王問》

啟悟

曲高和寡，具有雙重意味。一個意思是說，越是通俗的東西，越容易得到人們的理解和支持。因此，要多一些「下里巴人」。另一個意思是說，高雅的東西之所以和之者少，是因為它是「陽春白雪」。「陽春白雪」，是一種品位，一種格調。我們既需要「下里巴人」，也需要「陽春白雪」。不同層次的人，有不同的需求。不能輕易地肯定某一種而否定另一種。

35 自相矛盾

楚國有個人到大街上去賣長矛和盾牌。為了招徠顧客，他舉起盾牌誇耀說：「我的盾牌非常堅固，無論什麼武器都刺不穿它！」

他放下盾牌，又舉起長矛吹噓說：「我的長矛鋒利無比，無論什麼東西一刺就穿！」

這時，有個人問他說：「如果用你的長矛來刺你的盾牌，那結果是一個什麼樣呢？」

那個楚國人一句話也答不上來。

原文：

楚人有鬻盾與矛者，譽之曰：「吾盾之堅，物莫能陷也。」又譽其矛曰：「吾矛之利，於物無不陷也。」或曰：「以子之矛，陷子之盾，何如？」其人弗能應也。

韓非《韓非子・難勢》

啟悟

賣東西，吆喝吆喝，就相當於現在做廣告。這個賣東西的人，鬧出「自相矛盾」的尷尬事，表面看，問題出在「說」上，而實質上，根子則在「做」上。試想，如果此人只賣矛不賣盾，或者只賣盾不賣矛，他的話應該是比較精彩的廣告詞。由此可見，要克服「自相矛盾」的現象，僅僅注意「怎麼說」是不夠的，更重要的，是要注意「怎麼做」。

36 三人成虎

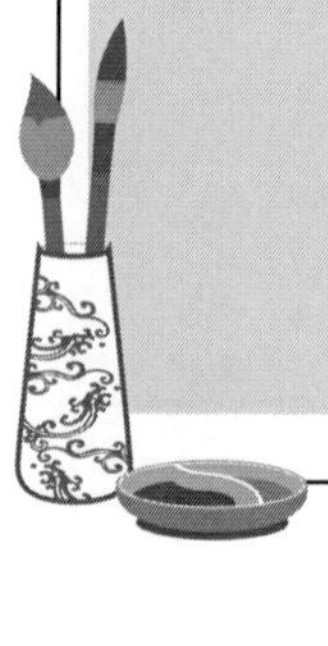

龐恭與太子將要被作為人質抵押到越國的都城邯鄲。臨行時，龐恭對魏王說：「假使現在有一個人說集市中有老虎，大王您相信嗎？」

魏王說：「不相信。」

「假如有兩個人說集市中有老虎，大王您相信嗎？」

魏王說：「不相信。」

「如果有三人說集市中有老虎，大王您相信嗎？」

魏王說：「這我相信。」

龐恭說：「集市中本來沒有老虎，這是明明白白的；但是因為有三個人說有老虎，結果也就真成了有老虎。如今邯鄲和我們魏國的距離，遠遠地超過了集市，說我閒話的人也肯定不止三個，希望大王能夠細心考察。」

原文：

龐恭與太子質於邯鄲，謂魏王曰：「今一人言市有虎，王信之乎？」曰：「不信。」「二人言市有虎，王信之乎？」曰：「不信。」「三人言市有虎，王信之乎？」王曰：「寡人信之。」龐恭曰：「夫市無老虎也明矣，然而三人言而成虎。今邯鄲之去魏也遠於市，言臣者過於三人，願王察之。」

韓非《韓非子·內儲說上》

啟悟

「謊言重複一千遍，也便成了真理。」說的是流言的可怕。一句謊話，當說它的人很少時，人們也許不相信，但這句謊言如果流傳得很廣，說的人很多，人們就容易信以為真了。「三人成虎」的故事告訴我們，對待流言，一定要持慎重態度，在沒有弄清真相以前，絕不能因為說的人多，就把它當成真的相信。

37 鄭人買履

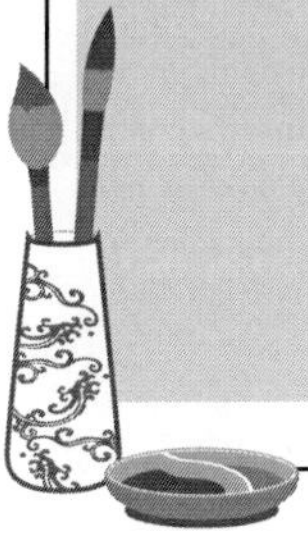

從前，有個鄭國人，打算到集市上買雙鞋穿。他先把自己腳的長短量了一下，做了一個尺子。可是臨走時粗心大意，竟把尺子忘在家中凳子上了。

他來到集市上，找到賣鞋的地方。正要買鞋，卻發現尺子忘在家裡了，就對賣鞋的人說：「我把鞋的尺碼忘在家裡了，等我回家把尺子拿來再買。」說完，就急急忙忙地往家裡跑。

他匆匆忙忙地跑回家，拿了尺子，又慌慌張張地跑到集市。這時，天色已晚，集市已經散了。他白白地跑了兩趟，卻沒有買到鞋子。

別人知道了這件事，覺得很奇怪，就問他：「你為什麼不用自己的腳去試試鞋子，而偏偏要回家去拿尺子呢？」

這個買鞋的鄭國人卻說：「我寧願相信量好的尺子，也不相信我的腳。」

原文：

鄭人有欲買履者，先自度其足，而置之其坐。至之市，而忘操之。已得履，乃曰：「吾忘持度。」反歸取之。及反，市罷，遂不得履。人曰：「何不試之以足？」曰：「寧信度，無自信也。」

韓非《韓非子・外儲說左上》

啟悟

尺子是根據自己的腳量製的，可是，自己卻寧肯相信尺子，而不肯相信自己的腳。這類荒唐事在現實生活中是屢見不鮮的。塵世間有很多東西，都是由人製造的。但是，有了這些東西後，人自己卻迷失了。作為一個人，倘若自己連自己都不相信了，那怎麼還能夠稱得上「萬物之靈」？

38 郢書燕說

楚國有個人，晚上給燕國的相國寫信，因為燭光不亮，有點看不清，就對身旁拿蠟燭的人說：「舉燭！」並且下意識地把「舉燭」二字寫進了信裡。而這兩個字，並不是他在信裡要表達的內容。

這封信送到燕國，燕國的相國看到「舉燭」二字，他的理解是：「所謂『舉燭』，是崇尚光明的意思。而崇尚光明，就是要選拔賢能的人而任用。」

相國把自己的理解報告給了燕國的國王，燕王很高興，就按這個理解做了，國家因此就太平無事。

國家雖然治理得不錯，但這並不是郢人書信要說的原意啊！

原文：

郢人有遺燕相國書者，夜書，火不明，因謂持燭者曰：「舉燭！」云而過書「舉燭」。「舉燭」，非書意也。燕相受書而說之，曰：「舉燭者，尚明也；尚明也者，舉賢而任之。」燕相白王，王大說，國以治。治則治矣，非書意也。

韓非《韓非子・外儲說左上》

啟悟

這個故事中所發生的事，雖然「歪打正著」，效果不錯，但是，它卻不是寫信人要表達的原意。望文生義、穿鑿附會，這是一種不科學的治學態度。用這種態度治學雖然很省力，但它得到的，卻是錯誤的、虛假的資訊。

39 曾子殺豬

曾子的妻子要到集市上去，她的孩子跟在後面，哭哭啼啼地鬧著也要去。她就哄孩子說：「你回去，等我回來了殺豬給你吃。」

妻子剛從集市回來，曾子就要去抓豬準備殺掉牠。妻子制止他說：「我只不過是和小孩子說著玩罷了，你怎麼當成真的了呢？」

曾子說：「和小孩子是不能隨便開玩笑的。他們沒有分辨的能力，都是效仿著父母的樣子做事，聽父母的指教成人的。現在你欺騙他，這是教孩子學騙人啊！做母親的欺騙孩子，孩子也就不會相信他的母親。這不是教育孩子的辦法呀！」

說完，他就把豬殺了，真的讓孩子吃上了豬肉。

原文：

曾子之妻之市，其子隨之而泣，其母曰：「女還，顧反為女殺彘。」妻適市來，曾子欲捕彘殺之，妻止之，曰：「特與嬰兒戲耳。」曾子曰：「嬰兒非與戲也。嬰兒非有知也，待父母而學者也，聽父母之教，今子欺之，是教子欺也。母欺子，子而不信其母，非所以成教也。」遂烹彘也。

韓非《韓非子・外儲說左上》

啟悟

誠信是處世之本，立身之本。人在小時候最該學習的，就是做個講誠信的人。曾子懂得，父母親是孩子的第一任教師，自己說話不算話，就會為孩子樹立不好的榜樣。一頭豬與孩子的道德修養相比，嫌得太微不足道了。曾子的選擇，值得每個做父母的深思和學習。

40 守株待兔

宋國有個種田的人，他的田裡有棵樹。

有一次，一隻兔子跑過來，由於跑得太急，一頭撞到樹上，把脖子撞斷死掉了。這個人毫不費力地撿到了這隻兔子。

打這天起，他乾脆放下農具，連活兒也不幹了，天天守在這棵樹下，希望還能撿到死兔子。

兔子是再也撿不到了，他的行為反倒成了宋國人談論的笑料。

原文：

宋人有耕田者。田中有株，兔走，觸株折頸而死。因釋其耒而守株，冀復得兔。兔不可復得，而身為宋國笑。

韓非《韓非子‧五蠹》

啟悟

一分勞動，一分收穫。天上不會掉餡餅。一次偶然的意外收穫，不可能打破這個普遍規律。「守株待兔」之所以不可取，道理就在於此。有的人因為一次小小的意外收穫，就把寶貴的勤勞美德丟掉了，這實在是因小失大，得不償失。

41 濫竽充數

齊宣王喜歡聽竽。他聽人吹竽時，一定要三百人一起合奏。

有位叫南郭先生的也來請求為齊宣王吹竽，齊宣王很高興，就把他編到樂隊裡。官家對他的待遇，跟那幾百個人一樣。

齊宣王死後，齊湣王繼位，他也喜歡聽竽。但是，他不喜歡聽合奏，而喜歡讓樂工一個人一個人吹給他聽。

南郭先生聽到這個消息，趕緊連夜逃走了。

原文：

齊宣王使人吹竽，必三百人。南郭處士請為王吹竽，宣王說之。廩食以數百人。宣王死，湣王立，好一一聽之。處士逃。

韓非《韓非子‧內儲說上》

啟悟

世間三百六十行，每一行都可以立身養家。但是，必須幹一行，愛一行，精一行，專一行，學得真技能，掌握真本領。同樣，世間三百六十行，行行都有南郭先生。他們應把功夫用在學習上，不該以隱瞞欺騙為手段。須知，大凡欺騙，都是用紙包火，遲早都會有被揭穿、露馬腳的時候。做人，還是老老實實好。

42 買櫝還珠

楚國有個人到鄭國去賣寶珠。為了能賣個好價錢，他用珍貴的木蘭木給寶珠做了一個非常精緻的盒子，又用珍貴的桂椒一類的香料把盒子薰得芳香撲鼻，並且，還在盒子上面綴繫上許多珠玉，用玫瑰色和翠綠色的寶石裝飾起來。

有個鄭國人看見這個盒子非常漂亮，就把盒子買下來，而把珠寶還給了楚國人。

原文：

楚人有賣其珠於鄭者，為木蘭之櫃，薰以桂椒，綴以珠玉，飾以玫瑰，輯以翡翠，鄭人買其櫝而還其珠。此可謂善賣櫝矣，未可謂善鬻珠也。

韓非《韓非子‧外儲說左上》

啟悟

有的人喜歡用花裡胡哨的形式來推銷很有價值的東西，以至於形式大於內容，使人不易看到其真實的價值；同樣，一個缺乏鑑別能力的人，也常常會丟掉真正寶貴的東西，而把那些價值並不高的東西當成寶貝。一個人的鑑別能力，是跟他的自身素養分不開的。有多高的素養，就有多高的鑑別能力。要提高自己的鑑別能力，必須在素質修養上下大功夫。

43 扁鵲說病

扁鵲拜見蔡桓公，站了一會兒，對桓公說：「我看你有病，在皮膚的表層，如果不醫治的話，恐怕會向體內發展。」

桓公不以為然地說：「我沒有病。」

扁鵲退出去後，桓公說：「醫生就喜歡給沒有病的人治病，以便邀功請賞，並以此證明自己的醫術高明。」

過了十天，扁鵲又來拜見，對桓公說：「您的病已發展到皮和肉之間了，如果不治療就會加深。」

桓公沒有答理他。扁鵲退了出去，桓公心裡很不高興。

過了十天扁鵲再次來拜見，對桓公說：「你的病已經發展到腸胃裡了，如果不醫治的話，還會加深。」

桓公還是不理他。扁鵲退出後，桓公更加不高興。

又過了十天，扁鵲老遠看見桓公，掉頭就跑。桓公很奇怪，便派人去問原因。

扁鵲說：「病在皮膚的表層，用熱水敷燙就能夠治好；病在皮膚和肉之間，用扎針的方法就可以治好；即使發展到腸胃裡，服幾劑湯藥也還能治好；病一旦深入到骨髓裡，那就只好由閻王爺來作主了，醫生是無能為力的。現在君王的病已經深入骨髓，所以我不能再去請求為他治病了。」

五天以後，桓公渾身疼痛，派人去找扁鵲，扁鵲已經逃到秦國去了。桓公就這樣病死了。

原文：

扁鵲見蔡桓公。立有間。扁鵲曰：「君有疾在腠理，不治將恐深。」桓侯曰：「寡人無疾。」扁鵲出，桓侯曰：「醫之好治不病以為功。」居十日，扁鵲復見，曰：「君之病在肌膚，不治將益深。」桓侯不應。扁鵲出。桓侯又不悅。居十日，扁鵲復見，曰：「君之病在腸胃，不治將益深。」桓侯又不應。扁鵲出，桓侯又不悅。居十日，扁鵲望桓侯而還走。桓侯故使人問之。扁鵲曰：「疾在腠理，湯熨之所及也；在肌膚，針石之所及也；在腸胃，火之所及也；在骨髓，司命之所屬，無奈何也！今在骨髓，臣是以無請也。」居五日，桓公體痛；使人索扁鵲，已逃秦矣。桓侯遂死。

韓非《韓非子・喻老》

啟悟

不管什麼病，從發生，到發展，都有一個過程。發現有病，最明智的辦法是趕快醫治，把它消滅在萌芽狀態。如果輕視小病，不把它當成一個問題，久而久之，小病就會發展成大病，甚至不治之症。一個人是如此，一個社會也是如此。

44 和氏之璧

楚國人卞和在楚山中得到一塊璞玉，拿來獻給厲王。厲王叫治玉的匠人鑑定，匠人說：「這是塊石頭呀！」厲王認為卞和欺騙了自己，因而砍去了他的左腳。

等到厲王死去，武王登上王位，卞和又拿了那塊璞玉來獻給武王。武王叫治玉的匠人鑑定，匠人又說：「這是塊石頭呀！」武王也認為卞和欺騙了自己，因而砍去了他的右腳。

武王死，文王登了王位。卞和便抱著那塊璞玉到楚山腳下大哭，三天三夜，眼淚哭乾了直到流出血來。

文王聽說了，便差人去問他，說：「天下被砍去腳的人多得很，為什麼獨獨你哭得這樣傷心呢？」

卞和說：「我並不是為砍斷了腳而悲痛啊！我悲痛的是把寶玉稱做石頭，把忠心耿耿的人叫做騙子，這是我最傷心的呀！」

文王便叫治玉的匠人整治那塊璞玉，發現是一塊真正的寶玉。於是把它命名為「和氏之璧」。

原文：

楚人和氏得玉璞楚山中，奉而獻之厲王。厲王使玉人相之，玉人曰：「石也。」王以和為誑，而刖其左足。及厲王薨，武王即位，和又奉其璞而獻之武王。武王使玉人相之，又曰：「石也。」王又以和為誑，而刖其右足。武王薨，文王即位，和乃抱其璞而哭於楚山之下，三日三夜，泣盡而繼之以血。王聞之，使人問其故，曰：「天下之刖者多矣，子奚哭之悲也？」和曰：「吾非悲刖也，悲夫寶玉而題之以石，貞士而名之以誑，此吾所以悲也。」王乃使玉人理其璞而得寶焉，遂命曰「和氏之璧」。

韓非《韓非子·和氏》

啟悟

識寶不易，識人更難。卞和說：「我並不是為砍斷了腳而悲痛，我悲痛的是把寶玉稱做石頭，把忠心耿耿的人叫做騙子。」這的確是肺腑之言。世界上，還有什麼比是非顛倒、黑白不分更可悲呢？

45 刻舟求劍

有個楚國人乘船渡江，一不小心，把佩帶的劍掉進了江裡。他急忙在船沿上刻上一個記號，說：「我的劍就是從這兒掉下去的。」

船靠岸後，這個人順著船沿上刻的記號下水去找劍，但找了半天也沒有找到。

船已經走了很遠，而劍還在原來的地方。用刻舟求劍的辦法來找劍，不是很糊塗嗎？

原文：

楚人有涉江者，其劍自舟中墜於水，遽契其舟，曰：「是吾劍之所從墜。」舟止，從其所契者入水求之。舟已行矣，而劍不行，求劍若此，不亦惑乎！

《呂氏春秋・察今》

啟悟

事物是不斷變化的，人不能兩次踏入同一條河流。船在行進過程中，位置在不斷地變動，楚人「刻舟」以「求劍」，用機械的方法對待變化了的事物，自然不會有好的結果。

46 掩耳盜鐘

智伯消滅范氏的時候，有個人趁機偷了一口鐘，準備揹著它逃跑。但是，這口鐘太大了，不好揹，他就打算用錘子砸碎以後再揹。

誰知，剛砸了一下，那口鐘就「咣」地發出了很大的響聲。他生怕別人聽到鐘聲來把鐘奪走了，就急忙把自己的兩隻耳朵緊緊捂住。

害怕別人聽到鐘的聲音，這是可以理解的；但捂住自己的耳朵就以為別人也聽不到了，這就太糊塗了。

原文：

范氏之亡也，百姓有得鐘者，欲負而走，則鐘大不可負；以椎毀之，鐘況然有音。恐人聞之而奪己也，遽掩其耳。惡人聞之，可也；惡己自聞之，悖矣。

《呂氏春秋・自知》

啟悟

有的人總喜歡自作聰明，以為能夠「自欺」，便可以「欺人」。但現實並不給這些自作聰明者以面子，誰做了壞事，即使他採取了「自欺」的法子，也一點也欺騙不了別人。掩耳盜鐘，自欺欺人，不過是一廂情願（這篇寓言後來演變成成語「掩耳盜鈴」）。

47 穿井得人

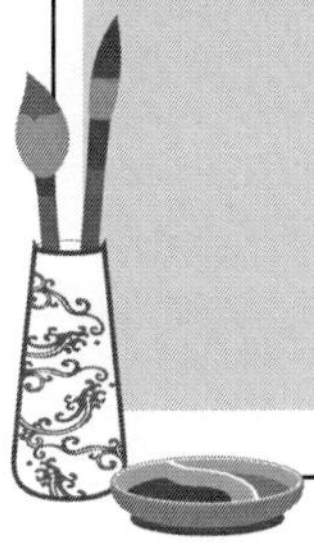

宋國有戶姓丁的人家，家裡沒有水井，要到很遠的地方擔水回來。為這事需要一個人常年在外。

後來他家裡打了一口井，再也不用出去擔水了，所以他對別人說：「我們家打井得到了一個人。」

有人聽了這話就傳開了，說：「丁家打井從井裡面得到了一個活人。」

宋國的人都這樣說，傳來傳去傳到了宋國國君的耳朵裡，他就派人到丁家去證實這件事。

丁家的人回答說：「我說的是打井節省了一個擔水的人，並不是說打井挖出了一個人呀！」

原文：

宋之丁氏，家無井而出溉汲，常一人居外。及其家穿井，告人曰：「吾穿井得一人。」有聞而傳之者，曰：「丁氏穿井得一人。」國人道之，聞之於宋君。宋君令人問之於丁氏。丁氏對曰：「得一人之使，非得一人於井中也。」

《呂氏春秋・察傳》

啟悟

謠言就像雪球，它是在滾動中越變越大，最後目面全非的。我們聽了道聽塗說的傳言，一定要多問幾個為什麼，千萬不可輕易相信。謠言止於智者，信謠使人變愚。

48 其父善游

有個人路過江邊，看見一個漢子正牽著一個嬰兒，想要把他投進江裡去，嬰兒嚇得哇哇地亂哭亂叫。

這人走上前去問那漢子：「你怎麼把嬰兒往江裡投呢？」

那漢子說：「怕什麼？他的爸爸很會游水。」

他的爸爸會游泳，他的兒子難道那麼快也就會游泳嗎？

原文：

有過於江上者，見人方引嬰兒欲投之江中，嬰兒啼。人問其故。曰：「此其父善游。」其父雖善游，其子豈遽善游哉？

《呂氏春秋・察今》

啟悟

人都有個體差異。拿一個人去硬套另一個人，以為父親會的，兒子也一定會，這是荒唐可笑的。生搬硬套，常常會辦出愚蠢的事、害人的事。生活中有些悲劇，就是這樣發生的。

49 知人不易

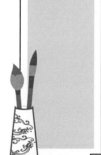

孔子走到陳國和蔡國之間的時候，窮困不堪，連野菜湯也喝不上，七天沒有吃到一粒糧食，只好在大白天裡睡大覺。

他的弟子顏回找到一點米，把它放在甑裡面煮。飯快熟了，孔子看見顏回抓甑裡面的飯吃。

過了一會，飯熟了，顏回請孔子吃飯。孔子裝著沒有看見剛才那件事的樣子，站起來說：「剛才我夢見祖先，要我把最乾淨的飯食送給他們。」

顏回連忙說：「不行，剛才有灰塵掉進甑裡，把飯弄髒了一些，我感到丟掉了不好，就用手把它抓起來吃了。」

孔子聽了感慨地說：「我所相信的是自己的眼睛，但眼睛看到的還是不可相信；我所依靠的是自己的腦子，但腦子有時也靠不住。你們要記住，瞭解一個人確實不容易呀！」

原文：

孔子窮乎陳、蔡之間，藜羹不斟，七日不嘗粒，晝寢。顏回索米，得而爨之，幾熟，孔子望見顏回攫其甑中而食之，孔子佯裝不見之。選間，食熟，謁孔子而進食，孔子起曰：「今者夢見先君，食潔而後饋。」顏回對曰：「不可，嚮者煤炱入甑中，棄食不祥，回攫而飯之。」孔子歎曰：「所信者目也，而目猶不可信；所恃者心也，而心猶不足恃。弟子記之，知人固不易矣！」

《呂氏春秋‧任數》

啟悟

人們都相信自己的眼睛，以為親眼見的事情，一定是真實的，可信的，無庸置疑的。殊不知，我們的眼睛有時也會騙自己。輕易地用「親眼所見」，來為一個人或一件事下結論，很可能會是有偏差的、錯誤的，甚至是完全相反的。

50 狐假虎威

老虎尋找各種野獸做食物。一次抓到一隻狐狸。

狡猾的狐狸說：「你敢吃我嗎？天帝派我來做百獸的首領。今天如果你吃了我，那就違背了天帝的意志，肯定要受到懲罰！你如果不相信的話，我在你的前面走，你跟在我的後面走，看看野獸們是多麼害怕我。牠們看見我，肯定會嚇得四處逃散！」

老虎聽了，覺得有道理，於是就跟在狐狸的後面走。野獸看見牠，嚇得紛紛逃跑，但老虎卻不知道野獸們是害怕牠才逃走，還以為牠們真的是害怕狐狸呢！

原文：

虎求百獸而食之，得狐。狐曰：「子無敢食我也！天帝使我長百獸。今子食我，是逆天帝命也！子以我為不信，吾為子先行，子隨我後，觀百獸之見我而敢不走乎？」虎以為然，故遂與之行。獸見之皆走。虎不知獸畏己而走也，以為畏狐也。

《戰國策‧楚策一》

啟悟

騙子騙人的伎倆五花八門，「狐假虎威」即其中的一種。騙子自己沒有本事，但他可以借用別人的名聲或威望來嚇唬人。如果看不清這一點，就會上他的當，受他的騙，被他所利用。

51 鄒忌比美

鄒忌身高八尺有餘，長得非常英俊。

一天清晨，他穿戴好衣帽，照了照鏡子，問他的妻子說：「我與城北面的徐公相比，哪個更漂亮？」

他妻子回答說：「您太漂亮了，徐公哪能比得上您呢？」

城北的徐公是齊國的美男子，鄒忌不敢相信妻子的話，又去問他的小老婆：「我與徐公比起來，哪個漂亮？」

小老婆也說：「徐公怎麼能比得上您呢！」

後來，有位客人從外地來訪，鄒忌與客人坐在一起交談時，又問客人說：「我與徐公相比，誰漂亮？」

客人肯定地說：「徐公不如你漂亮！」

第二天，徐公來到鄒忌家裡。鄒忌仔細地觀察了一番後，自己感到不如徐公漂亮；又對著鏡子反覆比較，更覺得自己差遠了。

夜晚，鄒忌躺在床上想：妻子誇我漂亮，是因為愛我；小老婆說我漂亮，是因為害怕我；客人稱我漂亮，是因為有求於我呀！

原文：

鄒忌修八尺有餘，身體昳麗。朝服衣冠窺鏡，謂其妻曰：「我孰與城北徐公美？」其妻曰：「君美甚，徐公何能及君也！」城北徐公，齊國之美麗者也。忌不自信，而復問其妾曰：「吾孰與徐公美？」妾曰：「徐公何能及君也！」旦日，客從外來，與坐談，問之客曰：「吾與徐公孰美？」客曰：「徐公不若君之美也！」明日，徐公來。孰視之，自以為不如；窺鏡而自視，又弗如遠甚。暮，寢而思之曰：「吾妻之美我者，私我也；妾之美我者，畏我也；客之美我者，欲有求於我也。」

《戰國策・齊策一》

啟悟

一般說來，人們都喜歡聽好聽的話。但是，好聽的話並不都是真話、實話、有益的話。說話人為了某種目的，會言不由衷地說出一些動聽的話來，如果自己不能保持清醒頭腦，也不分析一下「為什麼」，那麼，就很有可能錯誤地認識自己、估價自己，對自己做出不正確的判斷。

52 鷸蚌相爭

一隻蚌正張開兩殼曬太陽，鷸鳥飛過來，伸出長長的嘴巴來啄食牠的肉。蚌一下子合住雙殼，把鷸鳥的嘴緊緊地夾住了。

鷸鳥對蚌說：「今天不下雨，明天不下雨，就會把你乾死！」

蚌對鷸鳥說：「今天不放你，明天不放你，就會把你餓死！」

牠兩個各不相讓，誰也不肯放誰。這時，一個打魚的老人走過來，一下子把牠們都捉走了。

原文：

蚌方出曝，而鷸啄其肉，蚌合而箝其喙。鷸曰：「今日不雨，明日不雨，即有死蚌。」蚌亦謂鷸曰：「今日不出，明日不出，即有死鷸。」兩者不肯相捨，漁者得而並禽之。

《戰國策・燕策二》

啟悟

在生活中，動物與動物之間、人與人之間、人與動物之間、人與自然之間，矛盾會經常發生。有了矛盾，要採取適當的辦法，求得解決，達成和諧。爭狠鬥氣，對誰也沒有好處。和者兩利，鬥則兩傷，這是屢試不爽的自然法則。

53 駝鹿落網

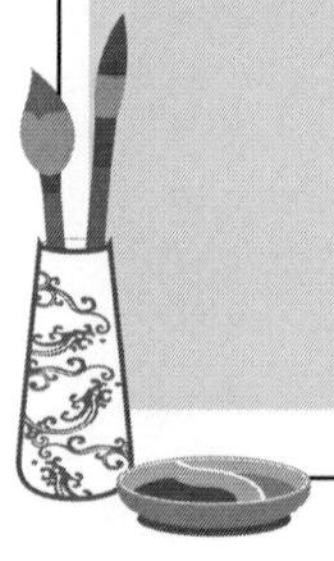

在山林草原的野獸中，最狡猾的要數駝鹿了。牠知道獵人張開網，是要把牠往網裡面驅趕。所以，就掉轉身子，直往獵人撞去。這樣，牠一次又一次地逃脫了獵人的追捕。

獵人知道了它的狡詐，就舉著網假裝前來驅趕牠，而在身後張開捕捉牠的網，駝鹿仍舊照老樣子向獵人衝過來。這樣，牠就被獵人捉住了。

原文：

今山澤之獸，無黠於麋。麋知獵者張網，前而驅己也，因還走而冒人，至數。獵者知其詐，偽舉網而進之，麋因得矣。

《戰國策‧楚策三》

啟悟

經驗，是人生的寶貴財富。經驗豐富，就可以自如地應對生活中發生的各種情況。然而，社會生活千變萬化，這就使我們原有的經驗顯得不夠用。如果簡單地拿已有的經驗來應對已經變化了的情況，原來致勝的方法就可能成為失敗的原因。以變應變，才是上策。

54 南轅北轍

魏王想去攻打邯鄲。正出使別國的季梁聽說後，走到半路趕緊折回來，衣服上的皺摺顧不得整理平整，臉上的塵垢也顧不得洗乾淨，急急忙忙去見魏王，說：「這回我從外地回來，在太行山腳下碰見一個人，正坐在他的馬車上，面朝北面，告訴我說，他要到楚國去。

我對他說：『您去楚國，楚國在南面，您為什麼面向北走呢？』

他說：『我的馬好。』

我說：『您的馬雖然好，但這不是去楚國的路啊！』

他又說：『我的路費很充足。』

我說：『你的路費雖然多，但這不是去楚國的路啊！』

他又說：『給我駕車的人本領很高。』

他不知道方向錯了，趕路的條件越好，離楚國的距離就會越遠。現在大王動不動就想稱霸諸侯，辦什麼事都想取得天下的信任，依仗自己國家強大、軍隊精銳，而去攻打邯鄲，想擴展地盤抬高聲威，豈不知您這樣的行動越多，距離統一天下為王的目標就越遠，這正像要去楚國卻向北走的行為一樣啊！」

原文：

魏王欲攻邯鄲。季梁聞之，中道而反，衣焦不申，頭塵不去，往見王，曰：「今者臣來，見人於太行，方北面而持其駕，告臣曰：『我欲之楚。』

臣曰：『君之楚，將奚為北面？』曰：『吾馬良。』臣曰：『馬雖良，此非楚之路也。』曰：『吾用多。』臣曰：『用雖多，此非楚之路也。』曰：『吾御者善。』此數者愈善而離楚愈遠耳。今王動欲成霸王，舉欲信於天下，恃王國之大，兵之精銳，而攻邯鄲，以廣地尊名；王之動愈數，而離王愈遠耳，猶至楚而北行也。」

《戰國策・魏策四》

啟悟

做人做事，首要的原則是選擇正確的方向。方向正確，條件越好，自己越努力，離目標就會越近；方向錯了，條件越好，花的力氣越大，離自己所要達到的目標就會越遠。

55 驚弓之鳥

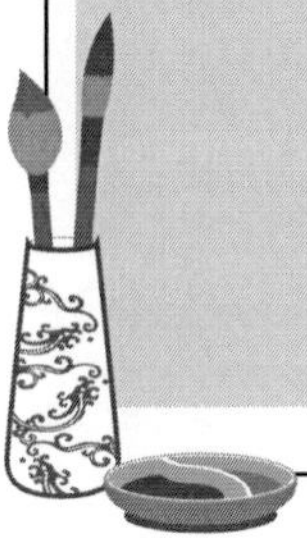

有一天，更羸和魏王站在一個高臺上，仰頭看見有鳥在天空中飛。

更羸對魏王說：「請大王看看，我可以只拉弓不發箭而把鳥射下來。」

魏王不相信地說：「難道你的射術可以達到這樣的水準嗎？」

更羸很自信地說：「可以。」

過了一小會兒，一隻雁從東方飛來，更羸拿起弓拉了一下空弦，那隻雁就一下子栽落到地上。

魏王驚歎道：「射箭的本領居然可以達到這樣一種地步！」

更贏說：「這是一隻受傷的孤雁啊！」

魏王說：「先生是怎麼知道的呢？」

更贏回答說：「牠飛得很緩慢，叫聲很悲慘。飛得慢，是因為舊傷疼痛；叫得慘，是因為長久失群。由於牠的舊傷沒有長好，而害怕的心情又沒有去掉，所以一聽見弓弦響，就急忙往高處飛，這就引起傷口破裂，從高空掉下來了。」

原文：

異日者，更贏與魏王處京臺之下，仰見飛鳥。更贏謂魏王曰：「臣為王引弓虛發而下鳥。」魏王曰：「然則射可至此乎？」更贏曰：「可。」有間，雁從東方來，更贏以虛發而下之。魏王曰：「然則射可至此乎？」更贏曰：「此孽也。」王曰：「先生何以知之？」對曰：「其飛徐而鳴悲。飛徐者，故瘡痛也；鳴悲者，久失群也，故瘡未息而驚心未去也，聞弦音，引而高飛，故瘡隕也。」

《戰國策・楚策四》

啟悟

這篇寓言告訴我們，善於觀察事物並能夠掌握其規律，比簡單地掌握一種技術更有用。而且也告訴我們，受過傷害和脫離了群體的生物，心理會分外脆弱，更加經不起驚嚇。如果我們從另一個角度思考，對待「驚弓之鳥」，我們是不是應該更加多一分愛心、多一分呵護呢？

56

畫蛇添足

楚國有個人舉辦祭祀活動。祭祀完了以後，取出一壺酒來賞給門人們喝。

門人們見只有一壺酒，就互相約定說：「這壺酒幾個人一起喝，肯定不夠喝；如果一個人喝，才會有點剩餘。我們可以一起在地上畫蛇，誰先把蛇畫好，這壺酒就歸誰喝。」

於是，大家找來樹枝和瓦片，飛快地在地上畫了起來。

有個人第一個畫好了蛇，端起酒來正準備喝，發現別人都還沒有畫好，就一手端著酒壺，一手又接著畫，並且一邊畫一邊得意洋洋地說：「我還可以給蛇添幾隻腳呢！」

還沒等他把蛇的腳畫好，另一個人也把蛇畫好了，奪過酒壺說：「蛇本來沒有腳，你怎麼能給牠畫腳呢？」

說罷，他仰起脖子，「咕嘟咕嘟」地把酒喝光了。那個給蛇添腳的人愣愣地站在旁邊，眼巴巴地看著失去了一次喝酒的機會。

原文：

楚有祠者，賜其舍人卮酒，舍人相謂曰：「數人飲之不足，一人飲之有餘。請畫地為蛇，先成者飲酒。」一人蛇先成，引酒且飲之，乃左手持卮，右手畫蛇曰：「吾能為之足。」未成，一人之蛇成，奪其卮，曰：「蛇固無足，子安能為之足？」遂飲其酒。為蛇足者，終亡其酒。

《戰國策・齊策二》

啟悟

中國有句古話叫「過猶不及」。就是說，做事情，要把握一定的度。「做過分」和「做得不到位」一樣，都不會有好效果。「畫蛇添足」之所以不可取，就在於把事情做過分了。

57 螳螂捕蟬

園中有一棵榆樹，樹上有一隻知了。知了鼓動翅膀悲切地鳴叫著，準備吮吸些清涼的露水，卻不知道有隻螳螂正在牠的背後。

螳螂伸出兩隻像砍刀一樣的前臂，打算把知了逮住吃掉。牠正要捉知了的時候，卻不知道黃雀就在牠的後面。

黃雀伸長脖子，想啄死螳螂吃掉牠。牠正想啄食螳螂，卻不知道榆樹下面有個拿著彈弓的小孩，把皮筋拉得長長的，正在瞄準牠。

孩子一心想射殺黃雀時，卻不知道前面有個深坑，後面還有個樹樁子。

這都是貪圖眼前利益，而不顧身後隱藏著禍害的表現呀！

原文：

園中有榆，其上有蟬。蟬方奮翼悲鳴，欲飲清露，不知螳螂之在後，曲其頸，欲攫而食之也。螳螂方欲食蟬，而不知黃雀在後，舉其頸，欲啄而食之也。黃雀方欲食螳螂，不知童子挾彈丸在榆下，迎而欲彈之。童子方欲彈黃雀，不知前有深坑，後有掘株也。此皆貪前之利，而不顧後害者也。

韓嬰《韓詩外傳・卷十》

啟悟

利益就像一團迷霧，很容易蒙蔽人的雙眼。在塵世間，有的人為了一點小利，丟掉根本利益甚至生命，原因就在這裡。在利益面前，時刻都要保持清醒頭腦，說不定，它的背面就隱藏著某種危險呢！

58 塞翁失馬

有一個老頭住在邊塞，人們叫他塞翁。塞翁善於推測人的命運。

有一天，塞翁家的馬忽然跑到塞外去了。鄰居們為他丟失了馬而替他惋惜，都來安慰他，但塞翁並不感到悲傷，說：「怎知道這不會成為一件好事呢？」

過了一段時間，那匹馬自己跑了回來，並且還帶回來了幾匹匈奴的駿馬。人們都來向他表示祝賀。

塞翁並不感到高興，說：「誰知道這會不會帶來災禍呢？」

塞翁家裡的好馬多了，兒子非常喜歡騎馬，有一次不小心從馬上跌下來，把胯骨摔折了。人們都來向他表示慰問。

塞翁說：「說不定這會變成福呢？」

過了一年，匈奴大舉向邊塞發起進攻，青壯年男子都上前方打仗去了，邊塞的人十之八九都死在戰場上，而塞翁的兒子因為腿跛，父子得以保全。

所以說，福可以轉化為禍，禍也可以轉化為福。真是變化無窮，難以預測呀！

原文：

近塞上之人，有善術者，馬無故亡而入胡，人皆弔之，其父曰：「此何遽不能為福乎？」居數月，其馬將胡駿馬而歸，人皆賀之。其父曰：「此何遽不能為禍乎？」家富良馬，其子好騎，墮而折其髀；人皆弔之。其父曰：

「此何遽不能為福乎？」居一年，胡人大入塞，丁壯者控弦而戰，近塞之人，死者十九。此獨以跛之故，父子相保。故福之為禍，禍之為福，化不可極，深不可測也。

劉安《淮南子・人間訓》

啟悟

「福兮禍所依，禍兮福所伏。」世上沒有絕對的好事，也沒有絕對的壞事。好事和壞事，都是相對而言的。有時，好事可以轉化為壞事；有時，壞事也可以轉化為好事。因此，對事情要保持一個良好的心態。遇到壞事時不要灰心喪氣，遇到好事時也不要得意忘形。

59 雞犬升天

淮南王劉安學習修道，邀請天下會道術的人都到他這裡來，自己寧願放棄一國之主的尊貴地位，而結交懂得道術的人士，於是，天下會道術的人都集會到淮南來，凡屬奇異的仙方仙術，沒有不爭著貢獻出來的。

於是淮南王得道升天，他全家的人也都得道成仙，連家畜雞犬也都隨著成仙升天，狗在天上吠叫，雞在雲中啼鳴。

原文：

淮南王學道，招會天下有道之人，傾一國之尊，下道術之士。是以道術之士，並會淮南，奇方異術，莫不爭出。王遂得道，舉家升天，畜產皆仙，犬吠於天上，雞鳴於雲中。

王充《論衡・道虛篇》

啟悟

「一人得道，雞犬升天。」原意是說，一個人如果淡泊名利，一心一意地修煉自己，那麼，不僅他自己會修煉成功，而且還會蔭及全家甚至雞犬。這個成語的意義有了演變，那是後來的事。我們讀這篇寓言，要領會的是它的原意：做人應該淡泊名利，注意修煉，這樣只有好處，沒有壞處。

60 截竿入城

魯國有個人，拿著一根長長的竹竿進城門。開始，他豎拿著竹竿進不去；接著橫著拿還是進不去，一時想不到把竹竿拿進城的辦法，非常著急。

一會兒，有個老頭兒走了過來，這個魯國人就向老頭兒求教。老頭兒說：「我不是聖人，但是見到的事情還是很多的。你為什麼不把長竹竿從中鋸斷，分成兩截再拿進去呢？」

這個魯國人果然把竹竿鋸成了兩截。他還以為老頭兒的主意很高明呢！

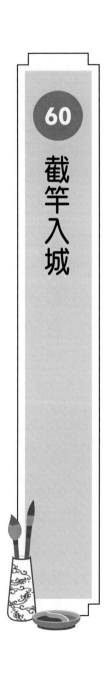

原文：

魯有執長竿入城門者，初豎執之，不可入；橫執之，亦不可入，計無所出。俄有老父至，曰：「吾非聖人，但見事多矣。何不以鋸中截而入？」遂依而截之。

邯鄲淳《笑林・長竿入城》

啟悟

有的人總認為自己見多識廣，很有知識，喜歡在別人面前賣弄聰明，賣弄才幹。殊不知，他那所謂的聰明，只是假聰明；他那所謂的知識，只是偽知識；他那所謂的才幹，也不過是「半瓶醋」而已。執竿入城的這個人夠愚蠢的了，那個主張截竿入城的人，不是比前者更加愚蠢嗎？

61 一葉障目

楚國有個人，家裡很貧窮。他讀《淮南子》，見書中說螳螂捕蟬的時候，用來隱蔽自己的樹葉，可以隱沒人的身體，便真的去尋找這種樹葉。

他來到樹下，仰著頭仔細觀察，發現有片遮擋住螳螂的樹葉，就把它摘了下來。不料沒有拿穩，一失手掉到了樹下。樹下本來就落了許多樹葉，他摘的那片樹葉和其它樹葉混在一塊兒，就辨認不出來了。他索性把樹葉全部掃起來，裝了好幾斗。

回到家裡後，他把樹葉一片一片舉起來，遮住自己的眼睛問妻子：「你還看得見我嗎？」

開始，妻子總是如實地回答說：「還看得見。」

後來，妻子被折騰了一整天，疲倦不堪，實在煩不過了，就哄他說：「看不見了。」

這人一聽高興得不得了，急忙拿著那片樹葉跑到集市上去，竟然當著別人的面拿人家的東西。結果被當差的抓了起來，扭送到縣衙裡。

原文：

楚人貧居，讀《淮南子》，得螳螂伺蟬自障葉，可以隱形。遂於樹下仰取葉，螳螂執葉伺蟬，以摘之，葉落樹下。樹下先有落葉，不能復分別，掃取數斗歸，一一以葉自障，問其妻曰：「若見我不？」妻始時恆答言：

「見。」經日乃厭倦不堪，紿云：「不見。」嘿然大喜，齎葉入市，對面取人物，吏遂縛詣縣。

邯鄲淳《笑林·楚人隱形》

啟悟

大凡騙子，都想找到一種辦法，用來蒙蔽別人的眼睛，讓他為所欲為。但是，騙子不管他採取什麼辦法，實際上跟這個「一葉障目」的人一樣，都是枉費心機的。君子愛財，取之有道。用不正當的手段謀取不正當的利益，怎麼可能有好結果呢？

62 折箭說理

吐谷渾的首領阿豺有二十個兒子。

一天，阿豺把兒子們叫到一起說：「你們每人拿一支箭給我，都把它放到地下。」

過了一會兒，命令他的同母之弟慕利延說：「你拿一支箭來把它折斷。」

慕利延取出一支箭，很輕易地就把它折斷了。

阿豺又說：「你再取十九支箭合在一起把它們折斷。」

慕利延把剩餘的十九支箭拿在手中，用盡了力氣，也沒有折斷。

阿豺說：「你們懂了嗎？單箭是容易折斷的，許多箭合在一起就很難折斷了。只要大家合力齊心，我們的國家就能強盛。」

原文：

阿豺有子二十人……阿豺謂曰：「汝等各奉吾一支箭，將玩地下。」俄而，命母弟慕利延曰：「汝取一支箭折之。」慕利延折之。又曰：「汝取十九支箭折之。」延不能折。阿豺曰：「汝曹知否？單者易折，眾則難摧，戮力一心，然後社稷可固。」

魏收《魏書•吐谷渾傳》

啟悟

俗話說：「一根筷子容易折，一把筷子折不斷。」這篇寓言，講的就是這樣一個道理。集體的力量，任何時候都大於個體的力量；團結的力量，任何時候都大於分裂的力量。一個家庭、一個團隊、一個民族、一個國家，只有團結起來，才能興旺發達，強盛有力。

63 對牛彈琴

從前，公明儀給牛彈奏了一支清新高雅的曲子，牛仍舊低著頭吃草。不是牛沒聽到他的琴聲，而是這曲子進不了牠的耳朵裡去。

公明儀便轉換著彈出蚊子、牛虻的「嗡嗡」聲和小牛尋找母親時的哀鳴聲。這時，那頭牛便立刻搖擺著尾巴，豎起了耳朵，煩躁不安地踏著小步細心地傾聽起來了。

原文：

昔公明儀為牛彈清角之操，伏食如故。非牛不聞，不合其耳矣。轉為蚊虻之聲，孤犢之鳴，即掉尾奮耳，蹀躞而聽。

《牟子》

啟悟

彈琴、說話、做事，都要看對象，因人制宜。你瞭解對方，能夠根據對方的特點、愛好，來彈適當的曲子，說適當的話，做適當的事，對方就樂於接受。倘若不看對象，憑主觀印象而為，那麼就如同「對牛彈琴」一樣，事與願違，達不到期待的效果。

64 與狐謀皮

周地有個人特別喜愛皮衣和精美的食品。他想要縫製一件價值千金的狐皮大衣，便去和狐狸商量剝牠的皮；他想要殺一隻羊當作祭品，便去和羊商量要牠的肉。他的話還沒說完，狐狸們都一個跟一個逃竄到深山裡，羊們都相互呼喚著躲藏到密林中。因此這個周人，十年沒有製成一件皮衣，五年沒有弄到一隻祭羊。

這是為什麼呢？因為他的想法根本就不對頭啊！

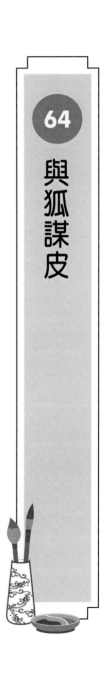

原文：

周人有愛裘而好珍羞，欲為千金之裘而與狐謀其皮；欲具少牢之珍而與羊謀其羞。言未卒，狐相率逃於重丘之下，羊相呼藏於深林之中。故周人十年不製一裘，五年不具一牢。何者？周人之謀失之矣。

苻朗《苻子》

啟悟

做人應該有一個基本原則：在謀取自己的利益的時候，不要傷害他人的利益；在尋求自己快樂的時候，不能影響他人的快樂；在追求自己幸福的時候，不能剝奪他人的幸福。「與狐謀皮」者以傷害對方利益為前提與人家商量，怎麼能指望人家同意呢？

65 杯弓蛇影

樂廣有個親密的客人，分別了很久都沒有再見到面。

一次，樂廣見到了他，問是什麼緣故。

這位客人回答說：「上次在您家裡做客，承蒙您賜酒給我喝。我端起杯子正要喝的時候，發現杯子中有一條蛇，心裡感到特別不舒服，喝下去後就病倒了。」

樂廣回憶，當時招待客人的河南郡郡府大廳的牆壁上掛著一張弓，弓上用漆畫了一條彩色的蛇，客人杯中的蛇大約就是這張弓的影子吧！

於是，他又在前次招待客人的地方重擺了酒，讓客人還坐在他上次坐的地方。然後問客人說：「在你的酒中又看到了什麼沒有？」

客人端起酒杯看了看，回答說：「跟上次一樣，酒裡面有一條蛇。」

樂廣就指著牆上的弓告訴了客人真相。客人一下子明白了，治了很長時間都沒有治好的病，頓時全好了。

原文：

嘗有親客，久闊不復來，廣問其故。答曰：「前在坐，蒙賜酒，方欲飲，見杯中有蛇，意甚惡之，既飲而疾。」於時，河南聽事壁上有角，漆畫作蛇，廣意杯中蛇即角影也。復置酒於前處，謂客曰：「酒中復有所見不？」答曰：「所見如初。」廣乃告其所以，客豁然意解，沉痾頓愈。

房玄齡《晉書・樂廣傳》

啟悟

人生病，有的是身體的病，有的是心的病，有的是身體和心都有病。身體的病，需要用中藥或西藥治療；而心病，則需要用「心藥」來治。治「心藥」，要找到「心病」產生的原因，然後有針對性的採取措施，解除心中的疑慮和負擔，讓心回歸寧靜和自然。心安定了，泰然了，「病」也就隨之而除了。

66 千萬買鄰

季雅被罷免南康郡守的官職以後，買了一處宅院，在僧珍住宅的旁邊。

僧珍詢問宅院的價格。

季雅回答說：「一千一百萬。」

僧珍驚訝地說：「這麼貴呀！」

季雅說：「我用一百萬買房屋，而用一千萬買鄰居啊！」

原文：

宋季雅罷南康郡，市宅居僧珍宅側。僧珍問宅價。曰：「一千一百萬。」怪其貴。季雅曰：「一百萬買宅，千萬買鄰。」

李延壽《南史・呂僧珍傳》

啟悟

這篇寓言的主角，是一個地地道道的智者。人要想生活得舒適、安寧，環境和圈子非常重要。如果生活在一個好的環境和圈子裡，人就輕鬆愉快；如果生活的環境和圈子不好，隨時都會有煩惱產生。俗話說：「鄰居好，賽金寶。」講的就是這個道理。

67

猴子救月

從前，在人煙稀少的密林裡，棲息著五百隻獼猴。

一天，獼猴們來到一棵樹下，樹下有一口井，井中有月亮的影子。獼猴頭兒看見了，對牠的同伴們說：「月亮掉到水井裡去了，我們應當把它救出來，免得世界上每天晚上都是黑沉沉的。」

獼猴們在一起商量說：「怎樣才能把它救出來呢？」

獼猴頭兒說：「我知道救出月亮的辦法，我抓住樹枝，你們抓住我的尾巴，一個連一個，就可以撈出月亮了。」

獼猴們都說這個主意好。於是，獼猴頭兒就抓住樹枝，然後猴子們一個抓住一個的尾巴，掛成了一長串。

眼看就要接近水面了，可是，由於連成一串的獼猴太重，樹枝經受不了，「咔嚓」一聲折斷了，所有的獼猴都掉進了井中。

原文：

過去世時，有城名波羅㮈，國名伽尸。於空閒處有五百獼猴，遊於林中。到一尼俱律樹下，樹下有井。井中有月影現時，獼猴主見是月影，語諸伴言：「月今日死落井中，當共出之，莫令世間長夜暗冥。」共作計議言云：「何能出？」獼猴主言：「我知出法，我捉樹枝，汝捉我尾，輾轉相連，乃可出之。」時諸獼猴即如主言，輾轉相捉，小未至水，連獼猴重，樹弱枝折，一切獼猴墮井水中。

道世《法苑珠林・愚戇篇》

啟悟

呈現在我們面前的東西，有的是真相，有的則是假象。看問題不能被假象所迷惑。只有認真觀察，仔細分析，把問題的本來面目弄清楚，才不會做出「猴子撈月亮」之類的蠢事。

68 黔驢技窮

貴州沒有驢子，一個喜歡多事的人用船運來了一頭。可是，運到以後，發現牠沒有什麼用處，就把牠放到山腳下。

老虎看見這麼一個龐然大物，以為是神，就偷偷地躲在樹林裡觀察牠。過了一會兒，又慢慢走出來，小心翼翼地靠近牠，還是弄不清牠是什麼東西。

有一天，驢子忽然昂起腦袋大叫起來。老虎嚇得魂飛魄散，趕忙逃得遠遠的，以為驢子要吃自己，害怕得不得了。後來，老虎走過來走過去地仔細觀察，發覺牠並沒有什麼了不起的本領，而且，對牠的聲音也慢慢地熟悉了。於是，老虎更加靠近驢子，故意地挑逗牠，試試牠到底有什麼能耐。

驢子見老虎竟敢冒犯自己，勃然大怒，揚起後蹄猛踢，想給老虎一點苦頭嘗嘗。老虎見了非常高興，心裡想：「原來牠的本事就是這幾下子呀！」便一下子撲過去，咬斷了驢的喉嚨，吃光了牠的肉，揚長而去了。

原文：

黔無驢，有好事者船載以入。至，則無可用，放之山下。虎見之，龐然大物也，以為神，蔽林間窺之；稍出，近之，慭慭然莫相知。他日，驢一鳴，虎大駭，遠遁，以為且噬己也，甚恐。然往來視之，覺無異能者，益習其聲。又近出前後，終不敢搏。稍近，益狎，蕩倚衝冒，驢不勝怒，蹄之。虎因喜，計之曰：「技止此耳！」因跳踉大㘚，斷其喉，盡其肉，乃去。

柳宗元《柳河東集・三戒》

啟悟

這個故事可以從兩個方面去理解。一方面，為人處世，必須得有真本事。沒有真本事卻裝模做樣，遲早總有露餡的時候；另一方面，人們對有些東西心存畏懼，是因為不瞭解它，一旦真正瞭解了它，便會發現它並沒有什麼了不起。由此可見，真實地認識自己、真實地認識他人，該是多麼重要！

69 臨江之麋

臨江有個人，打獵時捕到一隻小鹿，便把牠抱回家，準備餵養起來。一進門，一群狗流著涎水，翹著尾巴跑過來，想把小鹿吃掉。獵人大怒，把狗吼走了。從這天起，獵人每日都抱著小鹿去接近狗，讓狗熟悉牠，不驚動牠。過了一些日子，又讓狗和小鹿一塊兒遊戲玩耍。日子長了，狗漸漸地都順從了獵人的意志。

小鹿慢慢長大，忘記了自己是鹿，認為狗真的就是自己的好朋友，就經常和狗抱在一起、滾在一塊鬧著玩，與狗越來越親近。狗害怕主人，也與鹿抱在一起、滾在一塊戲耍，關係很好。但是，牠還是不時地舔著自己的舌頭，斷不了想吃鹿的念頭。

就這樣過了三年。一天，鹿走出家門，看見大路上有很多狗，便走過去和想牠們玩耍。那些狗見到鹿竟敢走到牠們面前，又高興又憤怒，一哄而上，把鹿咬死吃掉了，骨頭和鮮血亂七八糟地拋灑了一地。

鹿直到死，也不明白自己為什麼會死。

原文：

臨江之人，畋得麋麑，畜之。入門，群犬垂涎，揚尾皆來，其人怒，怛之。自是日抱就犬，習示之，使勿動。稍使與之戲。積久，犬皆如人意。麋麑稍大，忘己之麋也，以為犬良我友，牴觸偃仆，益狎。犬畏主人，與之俯仰甚善。然時啖其舌。三年，麋出門，見外犬在道甚眾，走欲與為戲。外犬見而喜，且怒，共殺食之，狼籍道上。麋至死不悟。

柳宗元《柳河東集・三戒》

啟悟

我們愛一個人或動物，光有呵護是不夠的，還得讓他（牠）知曉生活環境的複雜性，具有面對複雜環境的心理準備，學會應對複雜環境的技巧和本領。否則，一旦脫離了呵護，他（牠）便應付不了面臨的危險，失去生存的能力。

70 貪心蝜蝂

蝜蝂是一種善於背東西的小蟲子。牠爬行的時候，遇到什麼東西，就把它撿起來揹在自己的背上。這樣，背上的東西越揹越多，越揹越重，雖然已累得受不了了，牠還是不斷地往背上放東西。

蝜蝂的背部粗糙發澀，就是放很多東西也不會掉下來。結果，牠被壓得趴在地上不能動了。

有人看見牠累成這個樣子，很可憐牠，就把牠背上的東西拿了下來。可是牠剛剛可以爬行了，就又像原來一樣，遇到什麼東西都撿起來背在身上。

蝜蝂還喜歡往高處爬，力氣用完了仍不想停止。最後，精疲力竭，墜落到地上死了。

原文：

蝜蝂者，善負小蟲也。行遇物，輒持取，昂其首負之。背愈重，雖困劇不止也。其背甚澀，物積因不散。卒躓仆不能起。人或憐之，為去其負，苟能行，又持取如故。又好上高，極其力不已，至墜地死。

柳宗元《柳河東集・蝜蝂傳》

啟悟

一個人如果太貪心，便會活得很累。塵世間的東西，有的有用，有的並沒什麼用。如果見到什麼東西，都想占為己有，把它當成寶貝揹在身上，那麼，他就會像蝜蝂一樣被壓垮。做人，應該知足，該丟的就丟，當捨的便捨。身上沒負擔，心裡沒奢望，人才活得輕鬆自在。

71 愛錢勝命

永州人都善於游泳。

有一天，河水突然暴漲，有五六個人共同乘坐一條小船渡湘江。渡到江中心時，船突然破了，船上的人都跳到江中往岸上游。

其中有一個人使出了全身的力氣，卻沒有平常游得快。和他一同渡江的同伴說：「你是我們中間最善於游泳的，為什麼今天卻游得這樣吃力呢？」

那個人說：「我腰裡纏著一千大錢，非常重，所以落在後面了。」

同伴勸他說：「你為什麼不把它扔了呢？」

那個人不說話，只是一個勁兒地搖頭。

過了一會兒，他更加沒有力氣了。已經上了岸的人站在江邊大聲呼叫，說：「你這人真是太愚蠢了！太糊塗了！你的命都快沒有了，還要這些錢幹什麼呢！快把它扔了！」

那個人又搖了搖頭，便沉下去淹死了。

原文：

永之氓咸善游。一日，水暴甚，有五六氓，乘小船絕湘水。中濟，船破，皆游，其一氓盡力而不能尋常。其侶曰：「汝善游最也，今何後為？」曰：「吾腰千錢，重，是以後。」曰：「何不去之？」不應，搖其首。有頃，益怠。已濟者立岸上，呼且號曰：「汝愚之甚！蔽之甚！身且死，何以貨為？」又搖其首，遂溺死。

柳宗元《柳河東集‧哀溺文》

啟悟

奪去這人生命的，與其說是河水和金錢，不如說是他的貪心和欲望。我們光溜溜地來到塵世，又光溜溜地離開。身外的東西，生帶不來，死帶不走，完全沒有必須把它看得太重。學會看輕身外的東西，這是人生的智慧。具備了這樣的智慧，才算真正懂得了人生。

72 得意忘形

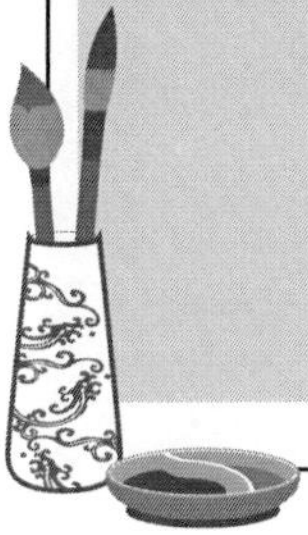

在一塊沼澤地上，農夫拿著弓箭，巡視在他的莊稼地邊。過了一會兒，他感到有點累了，就坐在一片蘆葦地邊休息。

剛坐下不久，他突然看見蘆葦花紛紛飄落。這時天上並沒有風，他自己也沒有碰到蘆葦，看起來，好像有什麼東西在蘆葦叢中嬉鬧。

農夫睜大眼睛仔細觀察，發現有隻老虎在那裡跳來跳去，嘴裡還發出一聲聲快樂的吼叫。看來，牠好像是捕獲了什麼東西，非常高興的樣子。

農夫以為老虎發現了自己，是為找到食物而高興呢，於是，他取出弓箭，隱藏起來，趁老虎興奮得再次躍起的時候，一箭射去，正中老虎的胸腋。老虎大吼一聲，一下子倒在地上了。

農夫小心翼翼地走過去一看，那隻老虎枕在一隻死獐子的身上死了。

原文：

匯澤之場，農夫持弓矢，行其稼穡之側。有苕，頃焉，農夫息其傍。未久，苕花紛然不吹而飛，若有物娭。視之，虎也，跳踉哮嚪。視其狀，若有所獲負，不勝其喜之態也。農夫謂虎見己，將遇食而喜者，乃挺矢匿形，伺其重娭。發，貫其腋，雷然而踣。及視之，枕死麇而斃矣。

皮日休《皮子文藪．雜著》

啟悟

人生總有起起伏伏，有失意的時候，也有得意的時候。不管是失意還是得意，都要以一顆平常心來對待。失意的時候，不要失志，得意的時候，不要忘形。這個故事中的老虎獵得一隻獐子，如果有一顆平常心，這算得了什麼呢？但是，牠太在意這次收穫了，得意以至於忘形，把警惕性扔到了九霄雲外，結果丟掉了生命。這個代價也實在太大了！

73 熟能生巧

陳康肅善於射箭，像他這麼高水準的，當代沒有第二個人。他也因此感到驕傲自負。

一天，他在自家的花園裡射箭，有個賣油的老漢放下肩上的擔子，站在一旁，歪著頭，很有興趣地觀看著。他看陳康肅發射的箭，十枝中有八九枝射中了靶子，便微微地點著頭。

陳康肅問他說：「你也懂得射箭嗎？我射箭的技術是不是很精到？」

老漢說：「也沒有什麼別的技術，只不過是手熟罷了！」

陳康肅一聽很氣憤，大聲呵斥道：「你怎麼敢貶低我的本領？」

老漢說：「我是從我倒油的技巧中知道這個道理的。」說罷，他拿出來一個葫蘆放在地上，又摸出一枚有孔的銅錢放在葫蘆嘴上，然後慢慢地用勺子舀出油來往葫蘆裡倒，只見油像條細線一樣從錢孔中流入葫蘆裡，而那枚銅錢卻沒有沾上一點兒油痕。

倒完，老漢直起身子說：「我這點技術，也沒有什麼了不起的，不過就是手熟罷了。」

康肅看後，笑著把老漢打發走了。

原文：

陳康肅公堯咨善射，當世無雙，公亦以此自矜。嘗射於家圃，有賣油翁釋擔而立，睨之，久而不去。見其發矢，十中八九，但微頷之。康肅問曰：

「汝亦知射乎？吾射不亦精乎？」翁曰：「無他，但手熟爾！」康肅忿然曰：「爾安敢輕吾射？」翁曰：「以我酌油知之。」乃取一葫蘆置於地，以錢覆其口，徐以杓酌油瀝之，自錢孔入而錢不濕。因曰：「我亦無他，惟手熟爾。」康肅笑而遣之。

歐陽修《歸田錄・賣油翁》

啟悟

有的事看起來很簡單，但真正能夠把它做好，並不簡單；有的事看起來很容易，但真正能夠達到一定水準，並不容易。任何過硬的本領，都是靠一次又一次的實踐，堅持不懈地練出來的。「熟能生巧」，「功到自然成」，射箭是這樣，倒油是這樣，做其他任何事情也都是這樣。

74 自以為是

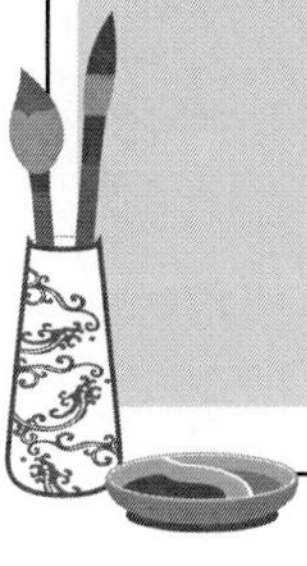

艾子有打獵的愛好。他養了一條獵狗，這條獵狗非常能捉兔子。艾子每次出去打獵，必定要讓牠跟隨著自己。每次捕捉到兔子後，艾子必定會掏出兔子的心肝，讓牠飽吃一頓。所以獵狗每次捕捉到兔子，就會搖著尾巴注視著艾子，喜滋滋地等待著艾子餵牠。

有一次，艾子出去打獵，這天兔子很少，獵狗的肚子早已餓得咕咕叫。忽然，看見兩隻兔子從草叢中跳出來，獵鷹飛過去追擊，兔子很狡猾，拐著彎奔逃。獵狗奔過去，猛地一撲，卻誤捕到獵鷹，把獵鷹咬死了，兔子趁機逃跑。

艾子連忙跑過去把死鷹撿起來，心疼忿恨得沒辦法說，獵狗卻又像從前那樣搖著尾巴沾沾自喜地走來，兩眼瞅著艾子，等待著餵給牠東西吃。

艾子盯著獵狗痛罵道：「你這條糊塗的狗，竟然還在這裡自以為是哩！」

原文：

艾子有從禽之僻，畜一獵犬，甚能搏兔。艾子每出，必牽犬以自隨，凡獲兔，必出其心肝以與之食，莫不飫足。故凡獲一兔，犬必搖尾以視艾子，自喜而待其飼也。一日出獵，偶兔少，而犬饑已甚，望草中二兔躍出，鷹翔而擊之。兔狡，翻覆之際，而犬已至，乃誤中其鷹，斃焉，而兔已走矣。艾子匆遽將死鷹在手，歎恨之次，犬亦如前搖尾而自喜，顧艾子以待食。艾子乃顧犬而罵曰：「這神狗猶自道我是裡！」

蘇軾《艾子雜說》

啟悟

人只要做事，就難免犯錯誤。犯了錯誤，只要能夠認識，吸取教訓，堅決改正，以後就可以少犯錯誤。怕只怕犯了錯誤不認識錯誤，反而把它當作功勞自我標榜。

「自以為是」，難免會重蹈覆轍。

75 戴嵩畫牛

四川有個杜處士，喜歡收藏書畫。他收藏的珍貴的書畫作品有幾百件，其中有一幅是名畫家戴嵩畫的牛，他尤其珍愛，用錦緞做成畫袋，用玉石做成畫軸，經常隨身攜帶著。

有一天，他打開書畫晾一晾，有個牧童看見了戴嵩畫的牛，拍著巴掌大笑起來，說：「這張畫畫的是鬥牛呀！牛在相鬥的時候力氣用在角上，把尾巴緊緊地夾在大腿之間。這張畫上的牛卻是搖著尾巴相鬥，錯了！」

杜處士聽了，笑著點了點頭。

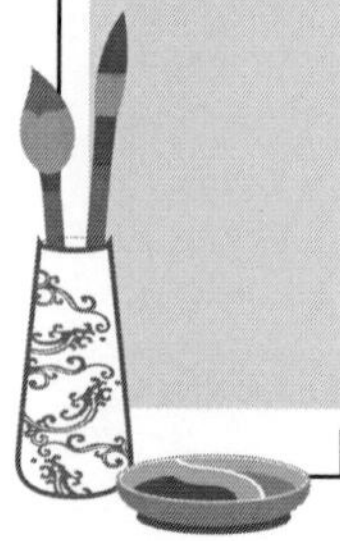

原文：

蜀中有杜處士，好書畫，所寶以百數。有戴嵩牛一幅，尤所愛，錦囊玉軸，常以自隨。一日曝書畫，有一牧童見之，拊掌大笑，曰：「此畫鬥牛也。鬥牛力在角，尾搐入兩股間。今乃掉尾而鬥，謬矣！」處士笑而然之。

蘇軾《畫論類編》

啟悟

藝術來源於生活。要創作出精妙的藝術作品，作者必須深入生活，從生活中汲取營養，獲得靈感，蒐集素材，然後通過去偽存真、去粗取精、由此及彼、由表及裡的加工改造過程，使它變成符合生活真實和藝術真實的藝術作品。深入生活需要有老實認真的態度，扎實細緻的作風。即使是有名的藝術家，如果對此掉以輕心，也可能會鬧出笑話。

76 故伎重演

有個人在路上遇到強盜，雙方格鬥起來。刀槍剛剛交接，強盜就把事先含在口中的水忽然噴到對方的臉上。這人毫無防備，一時驚慌失措，強盜趁機用刀戳穿了他的胸膛。

後來，有個壯士也遇到了這個強盜。他事先已掌握了強盜噴水的花招。兩人剛剛交手，強盜故伎重演，又想用水噴對方的臉，但還沒等強盜把水噴出口，壯士的長矛已刺穿了他的脖子。

原文：

有人曾遇強寇，鬥。矛刃方接，寇先含水滿口，忽噀其面，其人愕然，刃已揕胸。後有一壯士復與寇遇，已先知噀水之事，寇復用之，水才出口，矛已洞頸。

沈括《夢溪筆談・權智》

啟悟

做一件惡事，就欠下了一筆孽債。而欠下了孽債，是必須償還的。這個用水噴人的強盜，雖然有幾次得手，但是，每得手一次，他的孽債便會增加一筆。最終，還債的限期一到，他的歪門邪道也就不靈了。人在做，天在看。一輩子都做善事，不做惡事，這應該是做人的一個準繩。

77 做賊心虛

樞密院直學士陳述古任建州浦城知縣時，有人丟失了東西，抓了一些嫌疑人卻不知道哪個是真正的盜賊。

陳述古故意對這些嫌疑人說：「某某廟裡有口鐘，能夠辨別盜賊，特別靈驗。」

他派人把那口鐘抬到官署的後閣祭祀，把一群嫌疑人帶來站在鐘前。他說：「沒有偷東西的人摸這口鐘，它不會發出聲音；偷了東西的人一摸到它，它就會響起來。」

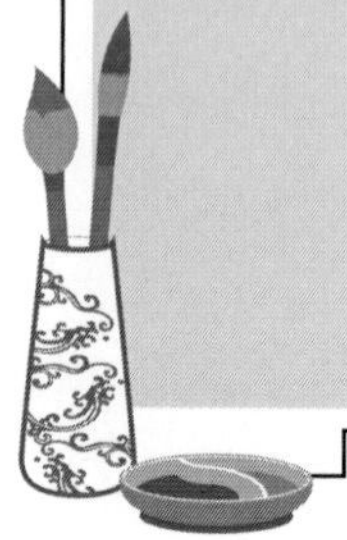

陳述古親自率領著他的同僚，很嚴肅地向鐘祈禱。祭祀完畢後，就讓人用帳子把鐘圍起來，暗地裡派人在鐘上塗滿了墨汁。過了一會兒，嫌疑人被帶過來，一個一個地依次把手伸進帳子裡面去摸鐘，手縮回來後，又一個一個地逐人驗看。結果發現，大家的手上都有墨，唯有一個嫌疑人的手上沒有。經過審訊，這個人承認自己是偷東西的人。原來他害怕鐘響，自己的手根本就沒有摸鐘。

原文：

陳述古密直知建州浦城縣日，有人失物，捕得莫知的為盜者。述古乃紿之曰：「某廟有一鐘，能辨盜，至靈。」使人迎置後閣祠之，引群囚立鐘前，自陳：「不為盜者，摸之則無聲；為盜者，摸之則有聲。」述古自率同職，禱鐘甚肅。祭訖，以帷圍之，乃陰使人以墨塗鐘，良久，引囚逐一引手入帷摸之，出乃驗其手，皆有墨，唯有一囚無墨。訊之，遂承為盜。蓋恐鐘有聲，不敢摸也。

沈括《夢溪筆談・權智》

啟悟

做賊心虛。一個人做了壞事，不管他表面上裝得如何鎮靜，心裡總會不踏實。這個不敢用手摸鐘的嫌疑人，就是因為做了壞事，心裡發虛。做人，還是老老實實、本本分分好，吃得安穩，睡得安穩，用不著擔驚受怕，用不著提心吊膽，連說句話，也可以理直氣壯。

78 鐵杵磨針

李白小的時候，學習不太認真，還沒有完成學業就跑了。半路上，他遇到一位白髮蒼蒼的老婆婆，坐在小河邊，用勁磨一根碗口粗細的鐵棒。他很奇怪，就走上去問：「老婆婆，你這是在幹什麼呢？」

老婆婆把臉上的汗水擦了擦，說：「我想把它磨成一根繡花針。」

李白感到很好笑，說：「這麼粗一根鐵棒，你哪年哪月才能把它磨成一枚針呢？」

老婆婆信心十足地說：「只要功夫到家了，自然就可以成功了。」

李白聽後，非常感動。於是，他馬上回去繼續學習，終於完成了學業，成了有名的大詩人。

原文：

李白，少讀書，未成，棄去。道逢一老嫗磨杵，白問：「將欲何用？」曰：「欲作針。」白笑其拙，老婦曰：「功到自成耳。」白感其言，遂還讀卒業，卒成名士。

虞韶《日記故事》

啟悟

要幹成一件事，必須得有堅忍不拔的意志和持之以恆的決心。有堅忍不拔的意志，才可以做到不怕困難，不怕挫折，認準目標，勇往直前；有持之以恆的決心，才不會三天打魚，兩天曬網，一曝十寒，半途而廢。

79 囫圇吞棗

有個客人說：「吃梨子對牙齒有好處，對脾卻有損傷；吃棗子對脾有益處，對牙齒卻有損害。」

有一個自以為聰明的年輕人聽了這話，思考了很久，說：「我想到一個好辦法：吃梨子的時候，只嚼不吞，它就不能損傷我的脾了；吃棗子的時候，只吞不嚼，它就不能損傷我的牙齒了。」

有個喜歡開玩笑的人說：「你真是囫圇吞棗呀！」

大家聽了，都笑得前俯後仰。

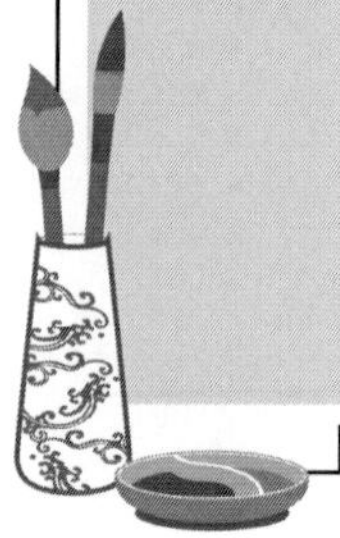

原文：

客有曰：「梨益齒而損脾，棗益脾而損齒。」一呆弟子思久之，曰：「我食梨則嚼而不嚥，不能傷我之脾；我食棗則吞而不嚼，不能傷我之齒。」狎者曰：「你真是囫圇吞卻一個棗也。」遂絕倒。

白珽《湛淵靜語》

啟悟

世間的事，有一利就有一弊，十全十美的事是很少見的。當我們要做一件事的時候，先得權衡利弊。看一看是利大弊小，還是利弊各半，或者是弊大利小，然後採取適當的辦法，趨利避害，興利除弊。「食梨不嚥」和「囫圇吞棗」，看起來好像是高招，實際上則是蠢辦法。

80 得過且過

五臺山上有一種鳥，名字叫寒號鳥。牠有四隻腳，一對肉翅膀，不會飛翔，牠的糞便就是名貴中藥「五靈脂」。

盛夏酷暑、天氣炎熱的時候，寒號鳥身上長滿了色彩豔麗的羽毛，光彩照人，牠便自鳴得意地大叫：「鳳凰不如我美麗！鳳凰不如我美麗！」到了冬天，大雪紛飛，寒風呼號，牠身上的羽毛全部脫落，光溜溜的就像一隻剛出殼的小鳥，於是，牠又自我安慰說：「得過且過！得過且過！」

原文：

五臺山有鳥，名寒號蟲。四足，有肉翅，不能飛，其糞即五靈脂。當盛暑時，文采絢爛，乃自鳴曰：「鳳凰不如我。」比至深冬嚴寒之際，毛羽脫落，索然如轂雛，遂自鳴曰：「得過且過。」

陶宗儀《南村輟耕錄‧寒號蟲》

啟悟

人生在世，有得意的時候，也有失意的時候。如何正確地對待自己的得意和失意，這需要智慧。得意時自鳴不凡，忘乎所以；失意時自我安慰，得過且過。這種人不會有多大出息。

81 白雁落網

太湖水草多的地方，經常聚集著很多白雁。到了晚上，牠們總要選好睡覺的地方，因為怕有人捕捉牠們，就安排一個雁奴在周圍來回巡視，一見有人來，雁奴立刻叫醒大家。這樣，群雁就可以安心地睡覺了。

湖邊上的人很瞭解牠們的這種安排。到了夜晚，就點著火把來照牠們。雁奴一見火光便「嘎嘎」大叫起來，這人立即把火把弄熄。群雁被叫聲驚起，一看什麼動靜也沒有，又都回去睡覺。就這樣反覆三四次，群雁都以為雁奴在哄騙牠們，就惱怒地一起來啄牠。

過了一會兒，那人又舉著火把向雁群靠攏，雁奴剛才已經被群雁啄怕了，這回捕捉牠們的人走到跟前，牠也不敢再叫。群雁正睡得香甜，結果被一網打盡，一個也沒有逃脫。

原文：

具區之澤，白雁聚焉，夜必擇棲。恐人弋己也，設雁奴環巡之，人至則鳴。群雁藉是以瞑。澤人熟其故，爇火照之，雁奴戛然鳴，澤人遽沉其火。群雁皆驚起，視之無物也。如是者四三，群雁以奴紿己，共啄之。未幾，澤人執火前，雁奴不敢鳴，群雁方寐，一網無遺者。

宋濂《燕書》

啟悟

一個團體，成員之間要相互信任，相互尊重。特別是關鍵崗位，更要做到「用人不疑，疑人不用」。在沒有弄清事實真相的情況下，懲罰一個忠誠的人，受傷害的，將不只是受懲罰者。

82 鸛鳥移巢

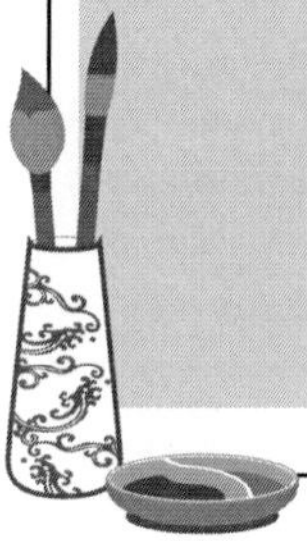

子游做武城縣官的時候，城門旁邊小土堆上的鸛鳥，忽然把牠的巢遷移到墓地的石碑上去。看守墓園的老漢把這一情況報告給子游，說：「鸛鳥是能夠預先知道天將下雨的鳥，牠突然將巢遷移到高處，說不定武城要遭大水呢！」

子游說：「對。」立即讓全城的居民都準備好船隻以防萬一。

過了幾天，大水果然來了。城門旁邊的小土堆被淹沒了，大雨仍然下個不停，眼看大水就要淹到墓園的石碑了，鸛鳥的巢搖搖晃晃，岌岌可危，鸛鳥飛來飛去哀鳴著，卻不知道該把牠的巢再遷移到什麼地方去。

子游感歎地說：「真可憐啊！這些鸛鳥能預知水災的到來，可惜牠考慮得不夠長遠啊！」

原文：

子游為武城宰。郭門之垤有鸛，遷其巢於墓門之表。墓門之老以告，曰：「鸛，知天將雨之鳥也，而驟遷其巢，邑其大水乎？」子游曰：「諾。」命邑人悉具舟以俟。居數日，水果大至。郭門之垤沒，而雨不止，水且及於墓門之表，鸛之巢翹翹然，徘徊長唳，莫知其所處也。子游曰：「悲哉！是亦有知矣，惜乎其未遠也！」

劉基《郁離子・惜鸛智》

啟悟

解決問題，有兩種態度。一種是只顧眼前，臨時化解；一種是著眼長遠，從根本上消除。我們當然應該取第二種態度。鸛鳥能預知水災的到來，這說明牠們很聰明。但是，牠們不懂得從根本解決問題，缺少長遠眼光，所以最終還是未能避開水災的危害。

83 許金不酬

濟水南面有一個商人，渡河時他乘的船翻了，他抓著浮在水面上的枯草大喊救命。有個打魚的人駕船去救他。

船還未開到，這個商人大聲呼叫：「我是濟水一帶的大富翁，你如果能把我救起來，我酬謝你一百兩金子。」

漁翁把這個商人救上了岸，商人卻只給他十兩金子。

漁翁說：「你起先答應酬謝一百兩金子，現在只給十兩，這恐怕不行吧！」

商人聽了勃然大怒，說：「像你這樣打魚的人，打一天魚能得多少錢呢？而現在一下就得了十兩金子，為什麼還不知足？」漁翁十分沮喪地走了。

過了一些日子，這個商人從呂梁河順流而下，船碰到石頭上又沉了，恰好這個漁翁又在場，人們對漁翁說：「你為什麼不去救那個商人呢？」

漁翁回答道：「這是一個口裡許諾給酬金而實際上不肯給酬金的人。」說完袖手旁觀，眼看河水把商人淹死了。

原文：

濟陰之賈人，渡河而亡其舟，棲於浮苴之上，號焉。有漁者以舟往救之。未至，賈人急號曰：「我濟上之巨室也，能救我，予爾百金。」漁者載而升諸陸，則予十金。漁者曰：「向許百金而今予十金，無乃不可乎？」賈人勃然作色曰：「若，漁者也，一日之獲幾何？而驟得十金，猶為不足乎？」漁者黯然而退。他日，賈人浮呂梁而下，舟薄於石又覆，而漁者在焉。人曰：「盍救諸？」漁者曰：「是許金而不酬者也！」立而觀之，遂沒。

劉基《郁離子・賈人》

啟悟

做人，必須講誠信，說過的話要算數，許諾了的事要兌現。倘若把誠信丟掉了，自食其言，那麼，以後就沒有人肯相信他了。這個故事中的商人不講誠信，應該受到譴責，但是，那個打魚人因此而見死不救，這種做法也不可取。該譴責的要譴責，該救人還是要救人。

84 按圖索驥

伯樂善於識別馬的優劣，是古代著名的相馬專家，他特別善於辨別千里馬，並根據自己幾十年相馬的經驗，寫出一本《相馬經》。

伯樂的兒子很想把父親的本領繼承下來，他把《相馬經》背得滾瓜爛熟，準備將來出去相馬時，按照書上描繪的各種馬的形態，去對照、挑選。

他看書上說，千里馬的額頭高而豐滿，眼睛閃亮發光，四個蹄子又大又端正。於是，他便根據這些特徵出外尋找千里馬。

路上遇見一隻大癩蛤蟆，他興奮地對伯樂說：「您看，我找的這匹千里馬，跟您書上說的差不多吧，只是蹄子不太端正，還不夠大。」

伯樂知道兒子是個愚蠢的人，哭笑不得地說：「唉，可惜這匹『千里馬』好蹦跳，不好騎呀！」

原文：

伯樂《相馬經》有「隆顙蛈目，蹄如累麴」之語，其子執《馬經》以求馬，出見大蟾蜍，謂其父曰：「得一馬，略與相同；但蹄不如累麴爾。」伯樂知其子之愚，但轉怒為笑曰：「此馬好跳，不堪御也。」

楊慎《藝林伐山・卷七》

啟悟

讀書是獲得知識的一個重要方式。但是，讀了書並不等於有了真知識、真本事。書本知識只有和實踐結合起來，靈活運用，才可以變成真知。讀書，最怕「死讀書」、「讀死書」、望文生義、生搬硬套。「按圖索驥」成為笑料，原因就在於此。

85 貓的名字

喬奄家養了一隻貓，自認為非常奇特，就給牠取了個名字叫「虎貓」。

有個客人對他說：「老虎的確很勇猛，但不如龍神奇。請改名『龍貓』吧！」

另一個客人對他說：「龍固然比老虎神奇，可是，龍升上天空時，必須要浮在雲彩之上。這麼說雲彩不是超過了龍嗎？不如改名叫『雲貓』。」

又有個客人對他說：「莫看雲彩可以遮住天空，但風很快就把它吹散了。雲彩能夠擋住風嗎？請改名叫『風貓』好了。」

又有個客人對他說：「再大的風，只要用牆來做屏障，就可以擋住了。風怎麼能和牆相比呢？我看還是叫『牆貓』好。」

又有個客人對他說：「牆雖然堅固，但老鼠卻能在牆上打洞。牆比得上老鼠嗎？所以，應該改名叫『鼠貓』。」

東鄉的一位老人聽了他們的話，譏笑地說：「唉呀，你們說來說去，逮老鼠的就是貓啊！貓就是貓嘛，為什麼要讓牠失去自己本來的真名呢！」

原文：

喬奄家畜一貓，自奇之，號於人曰「虎貓」。客說之曰：「虎誠猛，不如龍之神也。請更名曰『龍貓』。」又客說之曰：「龍固神於虎也。龍升天，須浮雲，雲其尚於龍乎？不如名曰『雲』。」又客說之曰：「雲靄蔽天，風倏散之。雲故不敵風也。請更名『風』。」又客說之曰：「大風飆起，維屏以牆，斯足蔽矣。風其如牆何？名之曰『牆貓』可。」又客說之曰：「維牆雖固，維鼠穴之。牆斯圮矣。牆又如鼠何？即名曰『鼠貓』可也。」東里丈人嗤之曰：「噫嘻！捕鼠者故貓也。貓即貓耳，胡為自失本真哉！」

劉元卿《賢奕編・應諧錄》

啟悟

貓就是貓，不管給牠取什麼樣的名字，牠還是貓。有的人喜歡故弄玄虛，在一些不著邊際的事情上下功夫。做這種事情，一點意義也沒有，只會浪費時間，製造混亂，聳人聽聞。取名字也好，做其他事情也好，一定要實事求是。不著邊際地誇大其詞，只能鬧出名不副實的笑話。

86 兄弟爭雁

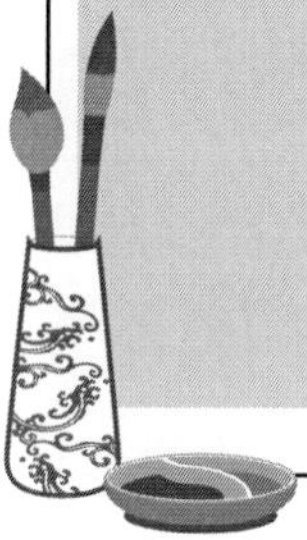

從前，有兄弟二人。哥哥看見一隻大雁在天上飛翔，就張弓搭箭，準備把牠射下來，一邊瞄準一邊說：「射下來了就煮著吃。」

他的弟弟聽了不同意，爭辯說：「家鵝煮著吃好，鴻雁還是烤著吃好！」

哥哥說：「不，還是煮著吃好！」

弟弟說：「不，還是烤著吃好！」

兩個人爭論不休，互不相讓，一直吵到社伯面前，請他分辨是非。

社伯說：「這事很好辦，你們把雁剖開，煮一半，烤一半，問題不就解決了嗎？」

兄弟倆一聽，覺得這個主意好，於是都同意了。但他們再去找雁時，那隻雁早已飛得不見蹤影了。

原文：

昔人有睹雁翔者，將援弓射之，曰：「獲則烹。」其弟爭曰：「舒雁烹宜，翔雁燔宜。」竟鬥而訟於社伯。社伯請剖雁，烹燔半焉。已而索雁，則凌空遠矣。

劉元卿《賢奕編・應諧錄》

啟悟

大雁從天上飛過，要想射下牠，必須抓住時機。但是，這兄弟倆卻為射下大雁後如何烹吃爭論起來，結果，白白失去了機會。這個故事告訴我們，機不可失，失不再來。無謂的爭論，常常讓人把注意力轉移到沒有意義的事情上，而叫寶貴的機會白白喪失。

87

美醜莫辨

南岐坐落在陝西和四川交界處的山谷中，那裡的水很甜但水質不好，凡是長期喝這種水的人，都要得粗脖子病。所以，那裡的居民沒有一個不是粗脖子的。

一次，有個外地人來到這裡，就有一群小孩和婦女圍上去，一邊好奇地圍觀，一邊譏笑說：「這個人的脖子長得好奇怪呀！那麼細，跟我們完全不一樣！」

外地人告訴他們說：「你們的脖子上長著一個大包，這是一種粗脖子病。你們為什麼不去求醫生好好治一治，反而在這裡譏笑我呢？」笑他的人回答說：「我們村裡的人都是這樣，哪裡用得著去治什麼病呢？」

他們始終不知道脖子上長一個大包吊在胸前是醜的。

原文：

南岐在秦蜀山谷中，其水甘而不良，凡飲之者輒病癭，故其地之民無一個無癭者。及見外方人至，則群小婦人聚觀而笑之，曰：「異哉，人之頸也！焦而不吾類。」外方人曰：「爾之累然凸出於頸者，癭病之也，不求善藥去爾病，反以吾頸為焦耶？」笑者曰：「吾鄉之人皆然，焉用去乎哉！」終莫知其為醜。

劉元卿《賢奕編・警喻錄》

啟悟

一個人的觀念和認識，往往要受到自己所處環境的影響。審美也是如此。一個地方如果長期與世隔絕，就會把自己的缺陷當成一種美，而把真正的美看成醜。推而廣之，一個地方、一個人，如果心理是病態的，看東西就會是顛倒的。病態的東西，他們會當成寶貝；而真正的好東西，他們則會看成不正常。

88 猱搔虎癢

有一種叫猱的野獸，身體小巧，善於攀爬，一雙前爪特別鋒利。

有隻老虎的頭皮有點癢，就讓猱用爪子幫牠搔。猱不停地搔著，把腦袋搔出了一個洞，老虎還不知道，而且覺得非常舒服。

猱就慢慢地把老虎的腦髓一點一點地掏出來吃。吃得快完了，把剩下的一點兒送給老虎說：「我偶爾弄到了一點葷腥，不敢獨自享用，特拿來獻給大王。」

老虎感動地說：「在動物中，最忠誠的要數猱了！找到好吃的東西，還不忘給我送了來。」牠津津有味地吃著，仍然不知道吃的正是自己的腦髓。

時間長了，老虎的腦袋完全被掏空了，疼痛發作。牠想找猱算帳，猱早已逃之夭夭，躲到一棵高大的樹上去了。

老虎疼痛難忍，又蹦又跳，大吼幾聲，死掉了。

原文：

獸有猱，小而善緣，利爪。虎首癢，輒使猱爬搔之。不休，成穴，虎殊快不覺也。猱徐取其腦啖之，而汰其餘以奉虎，曰：「余偶有所獲腥，不敢私，以獻左右。」虎曰：「忠哉，猱也！愛我而忘其口腹。」啖已，又弗覺也。久而虎腦空，痛發。跡猱，則已走避高木。虎跳踉大吼乃死。

劉元卿《賢奕編・警喻錄》

啟悟

正人君子，一般都不會去搞諂媚奉承、吹吹拍拍那一套。這種做法在他們看來，不地道、不正派，讓人厭惡。而善於諂媚奉承、吹吹拍拍的人，大都沒安好心。如果遇到這樣的人，最好的辦法是避而遠之，保持警惕。誰要是喜歡這一套，一定會上當受騙，終受其害。

89 山魅漆鏡

濟南郡方山的南面，有一塊明鏡石立在那裡，面積約有三丈大小。山怪的模樣清清楚楚地映在鏡石裡，沒有能躲避開它的。

到了南燕的時候，山怪恨這塊鏡石照出自己的模樣，就用漆把鏡石塗上，使它再也不亮了。

自從鏡石被塗抹以後，山怪們都大搖大擺地在大白天裡出來活動，這裡的人跡則絕滅了。

原文：

濟南郡方山之南有明鏡石焉，方三丈餘也。山魅行狀，了了然著鏡中，莫之遁。至南燕時，山魅惡其照也，而漆之俾弗明。自鏡石漆而山魅晝熾，人足掃矣。

劉元卿《賢奕編・警喻錄》

啟悟

對待邪惡的東西，要有辦法監督它、遏制它，讓它現出原形，使人們都能夠識別它，不上它的當。倘若這種監督和遏制的辦法沒有了，壞人就會大行其道，為所欲為，人們就會拿它沒辦法，受其禍害。

90 玄石好酒

從前，有個叫玄石的人，特別喜歡喝酒。一次，他喝得大醉，五臟都難受異常，渾身的肌肉、骨頭，都好像被蒸、被燒、被煮得要裂開一樣，什麼藥都治不了。

過了三天，他才慢慢好起來，對人們說：「我現在才知道酒可以讓人喪命。從此，不敢再飲酒了。」

過了還不到一個月，有位酒友來了，他說：「我試著喝一點看。」開始，他喝了三杯就不再喝了。第二天，他增加到五杯；第三天，增加到十杯；到了第四天，就用大杯子放量喝了起來，把原來醉得要死的情形忘到了九霄雲外。

所以說，貓是不能不吃魚的，雞是不能不吃蟲的，狗是不能不吃屎的，這都是秉性決定的，改變不了啊！

原文：

昔者，玄石好酒，為酒困，五臟熏灼，肌骨蒸煮如裂，百藥不能救，三日而後釋，謂其人曰：「吾今而後知酒可以喪人也，吾不敢復飲矣。」居不能閱月，同飲至，曰：「試嘗之。」始而三爵止，明日而五之，又明日十之，又明日而大爵，忘其欲死矣。故貓不能無食魚，雞不能無食蟲，犬不能無食臭，性之所耽，不能絕也。

劉基《誠意伯文集・虞孚》

啟悟

做人要注意，不要養成不良習性。不良習性不僅有害於身心健康，而且一旦養成，很難改掉。這篇寓言用一連串比喻，說明不良習性改正之難，雖然有點尖刻，但意在刺激有惡習的人。改正惡習，不能給自己開口子，口子一開，想阻止就難了。

91 八哥學舌

八哥出產在南方。南方人用網把牠捕捉住後，訓練調教，教牠說話。日久天長，牠就會模仿人說話了。可是牠只能學說幾句，一天到晚說來說去，還是那麼幾句話。

蟬在院子裡叫，八哥聽見了，便嘲笑牠。

蟬對八哥說：「你會模仿人說話，這很好；可是你所說的那些話，其實等於沒有說，哪裡能比得上我能叫出自己的意思呢！」

八哥聽了這話，慚愧地低下了頭。從此以後，一輩子再也不跟人學舌了。

原文：

鴝鵒之鳥出於南方，南人羅而調其舌，久之，能效人言；但能效數聲而止，終日所唱，惟數聲也。蟬鳴於庭，鳥聞而笑之。蟬謂之曰：「子能人言，甚善；然子所言者，未嘗言也，曷若我自鳴其意哉！」鳥俯首而慚，終身不復效人言。

莊元臣《叔苴子・內篇》

啟悟

像八哥一樣的人，在生活中並不鮮見。這種人只會跟在別人屁股後頭，模仿別人說話，並且，說去說來就是那麼幾句。做人，要有主見，說自己的話，做自己的事；人云亦云，亦步亦趨，是沒有出息的。

92 馬肝有毒

在一次聚會中，有位客人說：「馬肝有毒，能夠毒死人，因此漢武帝說：『文成是吃馬肝而死的。』」

迂公在一旁聽說後，搖著頭笑道：「你騙人吧，既然馬肝有毒，它長在馬肚子裡，為什麼馬不被毒死呢？」

客人故意戲弄他說：「馬為什麼活不到一百歲呢？就因為肚子裡有肝的緣故。」

迂公想想，覺得很有道理，回到家裡，就把自己養的馬按翻在地上，用刀剖開肚子，把肝取了出來。沒等他把事情做完，馬就死了。

迂公把沾滿鮮血的刀丟在地上，仰天長歎道：「客人說得太有道理了，馬肝果然有毒。我剜去它，馬尚且活不成；如果馬肝還留在肚子裡，那將會是一種什麼後果呢？」

原文：

有客語：「馬肝大毒，能殺人，故漢武帝云：『文成食馬肝而死。』」迂公適聞之，發笑曰：「客誑語耳，肝故在馬腹中，馬何以不死？」客戲曰：「馬無百年之壽，以有肝故也。」公大悟，家有畜馬，便刳其肝，馬立斃。公擲刀歎曰：「信哉，毒也。去之尚不可活，況留肝乎？」

浮白齋主人《雅謔》

啟悟

對別人的話，什麼都不聽不行，什麼都聽也不行。正確的態度是，要加以選擇，加以鑑別。對正確的話，必須聽；對錯誤的話，堅決不能聽；對似是而非的話，就得用腦子好好想一想，認真分析分析了。盲信盲從，很容易辨出愚蠢的事來。

93 一毛不拔

一隻猴子死了，見到閻王，請求托生轉變成人。

閻王說：「既然你想做人，就必須將身上的毛全都拔掉。」

猴子點頭答應。

閻王馬上叫夜叉給猴子拔毛。誰知剛拔了一根，猴子就忍不住痛大叫起來。

閻王笑著說：「看你一毛不拔，怎麼能托生做人呢？」

原文：

一猴死，見冥王，求轉人身。王曰：「既欲做人，須將毛盡拔去。」即喚夜叉拔之。方拔一根，猴不勝痛叫。王笑曰：「看你一毛不拔，如何做人？」

浮白齋主人《笑林》

啟悟

要想真正做一個人，必須要捨棄一些東西。當然，有些東西的捨棄是非常痛苦的。唯有能經受這些痛苦，把應該捨棄的東西捨棄掉，才能真正成為一個人。俗言說：「成人不自在，自在不成人。」舒舒服服、輕輕鬆鬆是難以成人的。

94 庸醫治駝

從前有個醫生，自吹能治駝背。他說：「無論駝得像弓那樣的、像蝦那樣的，還是彎曲像鐵環那樣的，請我去醫治，管保早晨治了，晚上就如同箭桿一般直了。」

有個人信以為真，就請他醫治駝背。

這個醫生要來兩塊門板，把一塊放在地上，叫駝背人趴在上面，又用另一塊壓在上面，然後跳上去使勁地踩。這麼一來，駝背倒是很快就弄直了，但人也被踩斷了氣。

駝背人的兒子要到官府去告他，這個醫生卻說：「我的職業是治駝背，只管把駝背弄直，哪管人是死是活！」

原文：

昔有醫人，自媒能治背駝，曰：「如弓者、如蝦者、如曲環者，延吾治，可朝治而夕如矢。」一人信焉，而使治駝，乃索板二片，以一置地下，臥駝者其上，又以一壓焉，而即躧焉，駝背隨直，亦復隨死。其子欲鳴諸官，醫人曰：「我業治駝，但管人直，那管人死！」

江盈科《雪濤小說‧催科》

啟悟

駝背不好看，而且影響正常生活。醫治駝背，是為了讓人的儀態好看一些，做事方便一些，從而提高生活的品質。庸醫為了醫治駝背，拿患者的生命為代價，這種做法，豈不是捨本求末？做事情，一定要抓住根本；丟掉了根本，只能把事情辦糟。

95 北人吃菱

有個北方人，自出生以來就沒有見過菱角。後來到南方做官，南方有很多菱角。

一次，大家坐在席上吃菱角，這個人連殼一起放到嘴裡吃。

有人提醒他說：「吃菱角要去殼。」

他卻想掩蓋自己的短處，說：「我不是不知道要去殼，是想用來清熱呀！」

人家問他：「北方也有菱角嗎？」

他說：「前山、後山，到處都有。」

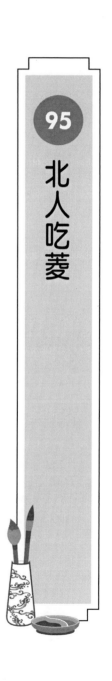

原文：

北人生而不識菱者，仕於南方。席上啖菱，並殼入口，或曰：「啖菱須去殼。」其人自護所短，曰：「我非不知，並殼者，欲以清熱也。」問者曰：「北土亦有此物否？」答曰：「前山後山，何地不有！」

江盈科《雪濤小說・知無涯》

啟悟

在知識面前，我們應該持老實的態度。「知之為知之，不知為不知。」一個人的知識總是有限的，有某些自己不知不懂的事情，這很正常。但是，不知不能充知，不懂不能裝懂，否則，就難免露餡出醜。

96 腳上生瘡

村裡有個人腳上生瘡，痛得十分難受，就對家裡人說：「你給我在牆上鑿一個窟窿。」

窟窿鑿好後，他便把腳伸進去，一直伸進隔壁人家屋裡一尺多遠。

家裡人問他：「你這是什麼意思？」

他回答說：「讓隔壁的人去痛吧，沒有我的事了！」

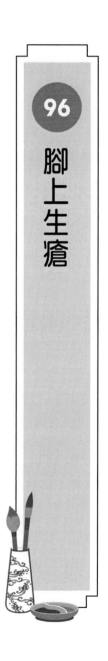

原文：

裡中有病腳瘡者，痛不可忍，謂家人曰：「爾為我鑿壁為穴。」穴成，伸腳穴中，入鄰家尺許。家人曰：「此何意？」答曰：「憑他去鄰家痛，無與我事！」

江盈科《雪濤小說・任事》

啟悟

這個故事以輕鬆的形式、幽默的語言，生動地刻畫出一個極端自私自利者的嘴臉。這種人不講道德，不講操守，為了自己，什麼醜事、壞事、蠢事都可以做出來，即使是自己腳上生瘡，也還要伸進別人家裡，以為這樣，就可以疼別人而不疼自己。焉不知，自己得了病，最根本的辦法是趕快醫治；嫁禍於人，解決不了任何問題，只會貽笑大方。

97 不禽不獸

鳳凰做壽，百鳥都來祝賀，唯有蝙蝠沒有來。

鳳凰責問牠說：「你處在我的管轄之下，為什麼這樣傲慢呢？」

蝙蝠說：「我有腳，屬於走獸，朝賀你有什麼用？」

一天，麒麟又做生日，蝙蝠也沒有去。麒麟也責問牠。

蝙蝠說：「我有翅膀，屬於飛禽，幹嘛要向你朝賀？」

後來麒麟和鳳凰見了面，說到蝙蝠的事，相互感歎地說：「現在世上風氣惡劣，偏偏生出這樣一些不禽不獸的傢伙，真拿它沒辦法！」

原文：

鳳凰壽，百鳥朝賀，惟蝙蝠不至。鳳責之曰：「汝居吾下，何踞傲乎？」蝠曰：「吾有足，屬於獸，賀汝何用？」一日，麒麟生誕，蝠亦不至。麟亦責之。蝠曰：「吾有翼，屬於禽，何以賀與？」麟鳳相會，語及蝙蝠之事，互相慨歎曰：「如今世上惡薄，偏生此等不禽不獸之徒，真個無奈他何？」

馮夢龍《笑府‧雜語》

啟悟

人們常常以「禽獸不如」，來形容那些卑鄙無恥的小人。這個故事中的蝙蝠，就是這樣一個角色。牠一會兒說自己是禽，一會兒說自己是獸，只要自己需要，便可以隨意改換身份。做人，應該有鮮明的立場。「不禽不獸」，不堪為人。

98 合本做酒

甲乙兩個人商量一起湊本錢釀酒。

甲對乙說：「你出米，我出水。」

乙說：「米都是我的，怎麼算帳？」

甲回答說：「我絕不會做昧良心的事。等酒釀好以後，只把裡面的酒擠了，還我這些水就是了，剩下的都是你的。」

原文：

甲乙謀合本做酒。甲謂乙曰：「汝出米，我出水。」乙曰：「米都是我的，如何算帳？」甲曰：「我絕不欺心。到酒熟時，只逼還我這些水便了，其餘都是你的。」

馮夢龍《笑府・刺俗》

啟悟

合作共事，前提是合，根本是共。所謂合，應該是合心合力，志同道合；所謂共，應該是有福共用，有難共當。如果嘴裡說的是合作共事，心裡卻各打自己的小算盤，你算計我，我算計你，那麼，哪還談得上什麼「合」？什麼「共」？

99 父子性剛

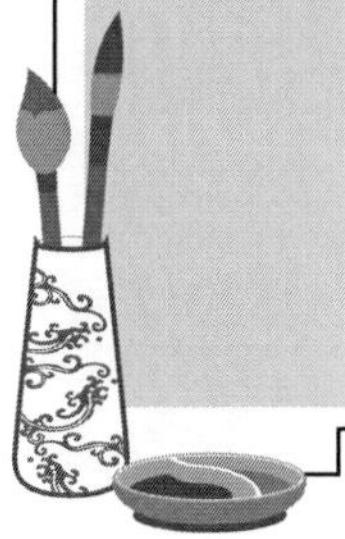

有父子倆，性格剛烈，不肯讓人。

一天，父親留客人飲酒，派兒子入城買肉。兒子提著肉回家，將要出城門，正巧一個人迎面走來，兩人不肯相讓，橫眉豎眼，挺著身子面對面地站在那裡，僵持了很久。

父親見兒子這麼長時間也沒有回來，就去尋找，看到這種情景，就對兒子說：「你暫且帶著肉回去陪客人飲酒，由我跟他對站著，看誰站得過誰！」

原文：

有父子俱性剛不肯讓人者。一日，父留客飲，遣子入城市肉。子取肉回，將出城門，值一人對面而來，各不相讓，遂挺立良久。父尋至見之，謂子曰：「汝姑持肉回陪客飲，待我與他對立在此！」

馮夢龍《廣笑府・尚氣》

啟悟

是人都有脾氣，都有個性。這個性、這脾氣，有的是好的，對自己有幫助；有的則是不好的，只會給自己添麻煩。比如這個故事中的父子倆，他們的脾氣就要不得。人與人之間，磕磕碰碰總是難免的。相互諒解，退後一步天地寬；倘若使氣鬥狠，對誰也沒有好處。

100 翠鳥移巢

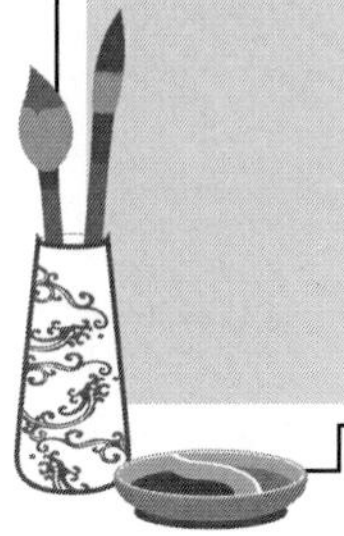

翠鳥做窩的時候，最初把它做在很高的地方，為的是躲避災禍。

後來小鳥孵出來了，翠鳥非常疼愛自己的小寶貝，生怕牠從窩裡摔出來，就把窩移到稍低一些的地方。

看著看著，小鳥長出毛來了，毛茸茸的，十分可愛。翠鳥更加喜歡自己的孩子了，又把窩移得更低一些。

然而，災難也因此發生了，人們把牠們都捉走了。

原文：

翠鳥先高作巢以避患。及生子，愛之，恐墜，稍下作巢。子長羽毛，復益愛之，又更下巢，而人遂得而取之矣。

馮夢龍《古今譚概・專愚部第四》

啟悟

翠鳥疼愛自己的小寶貝，生怕窩搭高了不安全，小寶貝會掉到地上摔死，因此，把窩一次又一次從高處往低處移。結果，小寶貝雖然沒被摔死，卻被人捉走了。這個故事告訴我們，做事情，一定要把多方面的因素考慮周全，把多種結果都預計到。顧此失彼，往往會釀成悲劇。

作者簡介：

凡夫 當代寓言作家。本名段明貴，湖北襄陽人。中國作家協會會員、中國兒童文學研究會會員、中國寓言文學研究會副會長，湖北省作家協會原副主席。

一九八〇年開始寓言創作，已發表寓言作品一千五百餘篇，其中二百多篇被一百多家出版社選入《當代中國寓言大系》、《中國現代寓言選》、《中國當代寓言選》、《中國寓言佳作選》、《中外寓言名篇金庫》等二百多種寓言選集。結集有《摘掉金箍的孫悟空》、《知識寓言故事》、《貓的禮物》等十餘種，編有《中國寓言精選》、《外國寓言精選》和《過目難忘・寓言》等十多種。《古利特和羅西》、《團結友善的乖乖兔》分獲二〇〇二、二〇〇六年度冰心兒童圖書獎。《凡夫當代寓言》、《100個動物寓言故事》和《黃鼠狼的名聲》蟬聯中國寓言文學研究會一、二、三屆「金駱駝獎」。〈快樂〉、〈獅子和兔子〉、〈瘸蟬〉、〈雲雀明白了〉、〈小老鼠立志〉分別入選人教版、北師大版、冀教版和香港版中小學語文課本；〈蘋果的味兒〉入選遼寧省二〇一一的高考作文題；有的被釋介到國外。

少年文學5　PG0930

精選100個中學生必讀的寓言故事

主編／凡　夫
責任編輯／林千惠
圖文排版／郭雅雯
封面設計／王嵩賀
出版策劃／秀威少年
製作發行／秀威資訊科技股份有限公司
114 台北市內湖區瑞光路76巷65號1樓
電話：+886-2-2796-3638
傳真：+886-2-2796-1377
服務信箱：service@showwe.com.tw
http://www.showwe.com.tw

郵政劃撥／19563868
戶名：秀威資訊科技股份有限公司
展售門市／國家書店【松江門市】
104 台北市中山區松江路209號1樓
電話：+886-2-2518-0207
傳真：+886-2-2518-0778

網路訂購／秀威網路書店：http://www.bodbooks.com.tw
國家網路書店：http://www.govbooks.com.tw
法律顧問／毛國樑　律師

總經銷／聯寶國際文化事業有限公司
221新北市汐止區康寧街169巷27號8樓
電話：+886-2-2695-4083
傳真：+886-2-2695-4087

出版日期／2013年8月　BOD一版　定價／280元
ISBN／978-986-89080-3-1

秀威少年
SHOWWE YOUNG

國家圖書館出版品預行編目

精選100個中學生必讀的寓言故事/ 凡夫編選. -- 一版. -- 臺北
市 : 秀威少年, 2013.08
面； 公分
ISBN 978-986-89080-3-1（平裝）

856.8 102002151

讀者回函卡

感謝您購買本書，為提升服務品質，請填妥以下資料，將讀者回函卡直接寄回或傳真本公司，收到您的寶貴意見後，我們會收藏記錄及檢討，謝謝！如您需要了解本公司最新出版書目、購書優惠或企劃活動，歡迎您上網查詢或下載相關資料：http:// www.showwe.com.tw

您購買的書名：______________________________

出生日期：________年________月________日

學歷：□高中（含）以下　□大專　□研究所（含）以上

職業：□製造業　□金融業　□資訊業　□軍警　□傳播業　□自由業

□服務業　□公務員　□教職　□學生　□家管　□其它____

購書地點：□網路書店　□實體書店　□書展　□郵購　□贈閱　□其他

您從何得知本書的消息？

□網路書店　□實體書店　□網路搜尋　□電子報　□書訊　□雜誌

□傳播媒體　□親友推薦　□網站推薦　□部落格　□其他________

您對本書的評價：（請填代號　1.非常滿意　2.滿意　3.尚可　4.再改進）

封面設計____　版面編排____　內容____　文／譯筆____　價格____

讀完書後您覺得：

□很有收穫　□有收穫　□收穫不多　□沒收穫

對我們的建議：______________________________

____

____

____

請貼
郵票

11466
台北市內湖區瑞光路 76 巷 65 號 1 樓
秀威資訊科技股份有限公司 收
BOD 數位出版事業部

（請沿線對折寄回，謝謝！）

姓　　名：＿＿＿＿＿＿＿＿ 年齡：＿＿＿＿ 性別：□女　□男

郵遞區號：□□□□□

地　　址：＿＿＿＿＿＿＿＿＿＿＿＿＿＿＿＿

聯絡電話：(日)＿＿＿＿＿＿＿＿ (夜)＿＿＿＿＿＿＿＿

E-mail：＿＿＿＿＿＿＿＿＿＿＿＿＿＿＿＿